Anneliese Probst

Steh-auf-Lieschen

Anneliese Probst

Steh-auf-Lieschen

13 Storys

Dingsda-Verlag

Herausgegeben von Joachim Jahns

1. Auflage 2000

Nebraer Str. 22, 06268 Querfurt

Satz und Lektorat: Peter Slama
Umschlag: Joachim Jahns, Klaus Nitsch
Foto auf der Titelseite: Anneliese Probst, 1936
Druck und Binden: Wiener Verlag, Himberg
ISBN 3-928498-79-7

Auf dem Weg

Warum kommt der Zug nicht?

Sie sitzt schon seit Stunden im Straßengraben neben dem alten Bahnhofsgebäude, spürt den Nieselregen kaum noch, der ihren Mantel längst durchnäßt hat und oben an den Schultern auch bereits Kleid und Unterwäsche, starrt die Schienen entlang, die neben der Straße herlaufen, eine kurvenreiche Strecke, nimmt nicht wahr, daß die Schienen verrostet und teilweise beschädigt und lückenhaft sind. Nimmt kaum noch etwas wahr.

Wartet.

Hin und wieder streichelt sie den Hund, der neben ihr sitzt und seinen Kopf auf ihren Oberschenkel gelegt hat. Ein zottiger Hund, mager, ungepflegt. Er war plötzlich da, trottete neben ihr über Feldwege und Landstraßen, sie verjagte ihn nicht, teilte vielmehr die beiden Schnitten mit ihm, die sie sich vor ihrem Aufbruch noch geschmiert hatte, er schlang die wenigen Bissen hinunter, verlangte nach mehr, aber sie hat nichts, was sie ihm noch geben könnte. Sie hat nur ihre Gegenwart, es scheint, daß ihm dies vorerst genügt.

Der Hund geht sie nichts an, heimatlos wie sie, das nehmen sogar ihre alten Augen wahr. Vielleicht auch auf der Flucht wie sie, gut-gut, sie nimmt ihn mit in die Heimat, möglich, daß er dann auch nach Hause findet. Wie sie nach Hause finden wird.

Nach Hause! Das ist die Vierzimmerwohnung in der Zeppelinstraße, in der sie mit den Eltern gewohnt hat, in einem Vorort von Breslau. Wann ist das gewesen?

Sie weiß es nicht. Lange vor der Zeit, in der sie sich jetzt bewegt.

Heimkehren! Endlich die Flucht beenden! Die Flucht vor dem Krieg, die hat sie weggetrieben aus der Heimat. Ist der Krieg vorbei? Auch das weiß sie nicht genau. Ihr Kopf ist leer, wüst, Dunkelheit hat alles Geschehene verschlungen; nur das Herz schlägt laut und heftig, jeder Schlag ist ein Befehl: Nach Hause!

Also wartet sie hier auf den Zug. Irgendwann wird er kommen. Muß er kommen. Sie wird einsteigen, der Hund kann mitfahren, sie hat nichts dagegen. Der Hund hat ihr über die letzten Tage geholfen, das vergißt sie ihm nicht. Wie sehr kann die Nähe eines Tieres trösten!

Dabei braucht sie eigentlich keinen Trost! Nach ihm verlangt man, wenn man traurig ist. Sie ist nicht traurig. Sie ist vielmehr voller Erwartung: noch einmal durch die vertraute Wohnung gehen, am Küchenfenster stehen und zu Schneiders hinuntersehen – den Kurt hat sie eine Zeitlang sehr gern gehabt, sie haben sich manchmal im dunklen Hausflur geküßt, aber dann kam Fritz in ihr Leben, und Fritz hat sie vom ersten Augenblick an geliebt, darüber ist Kurt schnell in Vergessenheit geraten ...

Fritz ist tot, das hat sich in ihr Gedächtnis förmlich eingebrannt: Für das Vaterland gefallen! Den Brief trägt sie immer bei sich. Auch jetzt. Die alte schwarze Handtasche hängt an ihrem Arm. In einem Seitenfach dieser Tasche steckt der Brief. Für das Vaterland gefallen ...

Fröstelnd zieht sie die Schultern zusammen, sinkt ein wenig nach vorn, der Hund stößt seine kalte Schnauze in ihr Gesicht, sie wischt die Feuchtigkeit nicht ab, vergräbt ihre Finger in seinem Fell und beginnt das Tier mit gleichbleibenden Bewegungen zu streicheln. Das Tier richtet sich auf, wedelt mit dem Schwanz, drängt dichter zu der Frau hin. Sie spürt seine Rippen durch das Fell hindurch. Mageres Vieh, denkt sie, herrenlos, unser Bobby ist nie so dünn gewesen! Wir haben ihn gut gefüttert, und wir haben ihn liebgehabt, er hat zur Familie gehört. Jeden Sonntag ist Vater mit ihm über die Felder gewandert, abends sind sie beide müde und zufrieden gewesen. Der Hund hier ist auch müde. Aber zufrieden ist er nicht.

Schon gut, sagt sie und klopft seinen Hals, braves Tier, ich nehme dich mit, der Zug wird bald kommen, nur Geduld ...

Sie weiß nicht, wie lange sie unterwegs ist und seit wann der Hund neben ihr hertrottet. Sie hatte mit einem Mal das Gefühl, aufbrechen zu müssen. Heimkehren! Nach Hause fahren! In die Kindheit zurückkehren, da ist alles schön und leicht und licht gewesen. Jetzt ist das Leben mühsam. Mechthild, die Tochter, bei der sie wohnt, gibt sich zwar Mühe mit ihr, ist meist freundlich, läßt sie aber viel allein. Auch Barbara, die Enkelin, läßt sie allein. Ein dummes Alter, 17 Jahre, nicht Fisch, nicht Fleisch, entweder lustlos-depressiv oder albern ausgelassen, wahrscheinlich vermißt sie den Vater. Die Ehe zwischen Mechthild und Herbert ist seit einem reichlichen Jahr geschieden, seitdem ist es still geworden in der Wohnung. Früher gab es oft Streit, sie stand immer daneben und hörte zu und litt mit beiden und erinnerte sich schmerzhaft ihrer Kindheit – wie oft hatte sie das Gefühl, die gleichen Worte, die gleichen Vorwürfe und Klagen schon gehört zu haben, alles wiederholte sich, Kindheit und Alter glitten auf eigenartige Weise ineinander, ihre eigene kurze, glückliche Ehe hob sich wie ein Lichtpunkt hervor.

Seit Mechthild sich nun höchstens hin und wieder mit Barbara anschreit, sonst jedoch ruhig und ausgeglichen ihrer Arbeit nachgeht und abends von einer seltsamen Trägheit erfaßt wird, die sie oftmals sogar daran hindert, den Fernseher anzustellen, fühlt sich die alte Frau wie abgestorben. Herbert machte schon einmal einen Scherz mit ihr oder erzählte ihr von seinen Kollegen. Da Mechthild nie zuhörte, war er von der Aufmerksamkeit der Schwiegermutter angetan. Jetzt bewegt sich die Frau nicht nur tagsüber in Lautlosigkeit, auch abends ist es still, sie möchte wenigstens abends gern mit der Tochter reden oder mit der Enkelin. Beide aber haben keine Lust dazu, wohl auch keine Zeit, Barbara vor allem rennt immer an ihr vorbei: Hallo Oma, geht es dir gut – bis bald, Oma! Da verschwindet sie in ihrem Zimmer, leise, ein wenig traurig, aber diese Traurigkeit wird ihr selten bewußt. Allgemeines Stimmungstief, würde Fritz sagen. Das Leben zerrinnt ihr unter den Händen, sie schaut zu, sie will es nicht einmal festhalten.

Doch da kommt ein Morgen, und plötzlich und jäh weiß sie, was sie tun muß! Sie kramt die schwarze Handtasche aus dem Schrank, zieht sich feste Schuhe an, auch ihr warmes Wollkleid, schmiert sich zwei Schnitten, knöpft sich den Mantel bis obenhin zu, bindet ein Kopftuch um und verläßt die Wohnung, das Haus. Geht. Sucht den Bahnhof, auf dem der Zug einfahren wird, der sie nach Hause bringt.

Viel zu lange hat sie sich in der Fremde herumgetrieben! Mechthild wird sie vermissen, das hofft sie. Aber sie wird sie bald vergessen. Sie hat genug zu tun, Abteilungsleiter in einem Betrieb, viel unterwegs, so überspielt sie ihre Einsamkeit. Über Herbert wird nicht mehr gesprochen. Es wird über vieles nicht gesprochen. Auch nicht über die alte Heimat, an die sich Mechthild freilich nicht erinnern kann. Vorbei, Mutter, sagt sie stets, wenn sie davon zu reden anfängt, das ist vorbei, nun begreife das doch endlich!

Sie begreift es nur zeitweise. Die Stadt, in der sie seit langem lebt, ist ihr vertraut, die Straße, das Haus, die Menschen. Manchmal geht sie in den kleinen Fleischerladen am Altmarkt, dort hat sie jahrelang als Verkäuferin gearbeitet. Man kennt sie nicht mehr, das Personal hat seit ihrem Weggang häufig gewechselt. Während sie ein halbes Pfund Leberwurst verlangt, schaut sie sich um, dort fehlt noch immer der Haken, die zersprungenen Kacheln sind nicht ausgewechselt worden, der schwere Holzklotz steht nach wie vor nur auf drei Beinen, sie haben ihm damals einen Ziegelstein untergelegt, wenn sie genau hinschaut, kann sie ihn erkennen. Sie legt die Wurst in die Tasche, lächelt ein bißchen, die Verkäuferin, die sie gerade bedient hat, denkt vielleicht: Einfältige Alte!

Aber schon auf dem Heimweg in die Bärenstraße kann es geschehen, daß sie mitten auf dem Gehweg stehenbleibt und sich erschrocken fragt, was sie hier eigentlich verloren hat. Hier in der Fremde. Ein quälendes Heimweh packt sie und schüttelt sie, tapfer ringt sie es in sich nieder, will ihm nicht nachgehen, obwohl es mit den Jahren immer heftiger wird. Sie lebt, ohne es recht zu wissen, auf zwei Ebenen. Sie atmet in der Gegenwart und gleichzeitig in der Vergangenheit. Nimmt eine Kaffeetasse aus dem Schrank und denkt: Aber wir haben doch blaue Tassen und nicht braune! Sie geht in das Wohnzimmer, um ein Tischtuch aus dem Büfett zu nehmen, aber es gibt kein Büfett in diesem Raum. Sie steht am offenen Fenster und hört von der Straße herauf ein Lied, das Lied hat auch die Mutter gesungen, kommt sie jetzt zu ihr und faßt sie bei der Hand und nimmt sie mit heim?

An diesem Morgen ist es der Wind, der sie lockt und ruft. So, gerade so hat er auch in der Zeppelinstraße geweht, Mutter hat dann die Fenster weit geöffnet und den Wind hereingelassen, damit er alle bösen Worte und Gedanken mit sich fortnehmen könnte!

Vielleicht, daß er sie heute mitnehmen kann? Sie will nach Hause. Endlich und endgültig!

Schon unten auf der Straße fragt sie sich allerdings erschrocken, wohin sie sich wenden soll. Wo liegt der Bahnhof? Gehen, einfach gehen, irgendwo wird sie ihn finden. Das Hühnerauge am rechten Fuß schmerzt bei jedem Schritt, darauf kann sie keine Rücksicht nehmen. Die Zähne zusammengebissen – und weiter!

Bis zum Abend erreicht sie den Stadtrand. Das Wetter ist winterlich kalt, wie es zur Jahreszeit paßt. Noch ist es trocken von oben. Die Dunkelheit bricht herein, mit ihr kommt die Müdigkeit. Die Frau setzt sich auf eine Bank in einem Haltestellenhäuschen, lehnt den Kopf gegen die Wand, schließt die Augen, dämmert vor sich hin. Schrickt auf, als eine kalte Hundeschnauze in ihr Gesicht stößt – Bobby, sagt sie schlaftrunken, wo kommst du her und wo warst du solange? Aber es ist nicht Bobby, der geliebte Terrier der Kinderzeit. Dieser Hund hier ist größer, struppiger, dürrer. Ein Landstreicher wie sie. Nein – nicht wie sie! Sie will zum Zug, weiß er vielleicht den Weg?

Komm her, sagt sie, lehn dich an meine Beine, das tut mir gut. Du kannst mitkommen, wenn du willst, der Zug nimmt sicher auch Hunde mit ...

Als der Morgen heraufzieht, geht sie weiter, und

der Hund folgt ihr. Sie sagt *Hund* zu ihm, es scheint ihm zu genügen. Sie gehen die Landstraße entlang, langsam, Autos fahren an ihnen vorbei, Busse, Lastwagen. Kein Fahrer hält an, niemand fragt: Wohin des Weges?

Mittags meldet sich der Hunger und der Durst. Zu trinken haben sie nichts, die Schnitten sind verzehrt, das Geld hat die Frau auf dem Nachttisch liegenlassen. Der Hund bellt, winselt, stößt seinen Kopf immer wieder gegen ihre Beine. Sie scheucht ihn zurück, ich habe nichts, sagt sie, du mußt warten, bis wir zu Hause sind.

Spät in der Dämmerung finden sie endlich den verlassenen Bahnhof. Alle Türen sind verschlossen, verrammelt, es gibt keine Fahrkartenausgabe, keinen Wartesaal. Es gibt nicht einmal eine Bank, auf der man ausruhen kann. Ein paar alte Bohlen liegen herum, auf die setzt sich die Frau. Der Hund drängt näher, quiemt, winselt. Sie streichelt seinen Kopf, er legt sich schließlich zu ihren Füßen nieder und schläft ein. Sie schläft nicht. Sie erinnert sich an das schmale, hohe Haus, an das Wohnzimmer mit dem ewig verstimmten Klavier, an die zarte, sensible Mutter und den leicht erregbaren Vater, an die Kindheit, die sich mit einem rosaroten Schleier umgibt. Und an Bobby! Vater schenkte ihn ihr zu ihrem 13. Geburtstag. Sie hat den Hund geliebt und verwöhnt, jeden Abend legte er sich zu ihren Füßen auf ihr Bett. Und dann wurde er von einem Panzer überfahren. Plattgewalzt, sagte der Vater, so werden sie alles plattwalzen, heul nicht, er hat es hinter sich, wer weiß, was wir noch vor uns haben ...

Vater ist tot, Mutter auch. Und Fritz. Sie aber lebt noch. Sie lebt immer noch! Ihr größter Wunsch: daheim sterben zu dürfen! Und daheim beerdigt zu werden. Auf dem Friedhof hinter der kleinen Kirche, in der sie konfirmiert worden ist. Der Kreis soll sich schließen. Auch deshalb sitzt sie hier auf diesem gottverlassenen Bahnhof mit einem streunenden Köter, wartet auf einen Zug, hat schon einmal auf einen Zug gewartet, nicht mit einem Köter, sondern mit einem Kind – Flucht, verdammte, gehaßte, gefürchtete Flucht, damit soll es nun ein Ende haben.

Irgendwann schlafen ihr die Beine ein, sie kann nicht mehr sitzen. Mühsam rafft sie sich auf, geht ein paar Schritte, fühlt sich elend.

Auf der nahen Straße fahren hin und wieder ein paar Autos vorbei, schon von fern leuchten die Scheinwerfer auf, verführen zu falschen Hoffnungen: der Zug! Ein paarmal beschleunigt die Frau den Schritt, hastet dem Licht entgegen, steht fassungslos, als es, ohne anzuhalten, vorübergleitet.

Endlich nur noch Dunkelheit. Die Kälte kriecht durch den Mantel. Trotzdem zwingt die Erschöpfung sie zu Boden, sie kauert auf feuchtem Wintergras, kippt um, rollt sich zusammen, fühlt einen zottigen Körper neben sich, armselige, kleine Wärme in aller Verlassenheit. Seufzend legt sie die Arme um den Hund, zieht ihn noch dichter an sich, hält sich an ihm fest. Bobby war schöner, denkt sie, aber was bedeutet das? Schönheit vergeht, Wärme vergeht, das Leben ebenso, alles fällt in Kälte. Damals auf der Flucht war es auch bitter kalt. Das Kind immerzu auf dem Arm, es greinte, später war es still. Aber ich habe es durchgebracht. Noch kein Tod, nun jedoch, nun endlich?

Sie umklammert den Hund, was mag ihm geschehen sein? Weggelaufen, ausgesetzt?

Neuerdings kriegen Menschen das fertig: Ein Tier wird lästig, also fort mit ihm! Ein Mensch wird lästig, also ...

Nein-nein, sie ist Mechthild nicht lästig gefallen. Solange sie konnte, hat sie gearbeitet, später hat sie im Haus geholfen, sie haben gut miteinander gelebt. Mechthild hat sie nur nicht nach Hause gelassen, das Zuhause gibt es nicht mehr, Mutter, hat sie immer wieder gesagt.

Welch ein Unsinn! Heimat vergeht nicht!

Gegen Morgen gleitet sie in einen kurzen, schweren Schlaf. Sieht sich, einen schweren Rucksack schleppend, hinter dem Vater herhasten, der mit weit ausladenden Schritten vor ihr einen Berg hinaufwandert, hin und wieder bleibt er einen Augenblick stehen und winkt ihr zu, lacht, wendet sich wieder von ihr ab, in der Hand hält er einen Strauß leuchtender Löwenzahnblüten. Hol sie dir, ruft er, beeile dich, sonst verblühen sie und schmekken bitter! Aber wie sehr sie auch hastet, sie erreicht ihn nicht, er wird kleiner, verschwindet hinter einer Baumgruppe, und die Mutter, die plötzlich neben ihr ist, sagt: Er ist angekommen, laß ihn, er hat, was er will!

Die Mutter trägt ein weißes Kleid, ihr Gesicht ist alt und müde, warum trägt sie einen Brautkranz auf dem grauen Haar?

Sie starrt die Mutter an, achtet nicht auf den Weg, stürzt. Schreckt auf, weil eine rauhe Zunge über ihr Gesicht streicht, Bobby, sagt sie langsam, laß gut sein, was ist ...

Erst jetzt spürt sie, daß der Regen sie fast bis auf die Haut durchnäßt hat. Und noch immer kein Zug.

Es ist gegen sieben Uhr morgens. Der neue Tag

zieht feucht und kalt herauf. Zitternd sitzt sie im Gras, der Hund schnüffelt umher, kehrt immer wieder zu ihr zurück. In der Handtasche findet sie zwei harte Plätzchen. Sie kaut lange auf einem davon herum, der Hund verschlingt seinen Teil, ohne zu kauen. Er schüttelt sich, stößt ein klagendes Geheul aus und legt seinen Kopf wieder in den Schoß der Frau.

Verlassen, denkt sie. Ganz allein. Ist denn niemand hier, der mir sagen kann, wann der Zug kommt?

Längst hat der Berufsverkehr eingesetzt, Busse bringen viele Bewohner der umliegenden Dörfer zur Arbeit in die Stadt. Außer den Bussen befahren Autos die Straße. Die Lichtpunkte nehmen kein Ende, mit dem heraufziehenden Tag werden sie matter, verschwinden endlich ganz, dafür sind die Fahrzeuge zu erkennen. Aber kein Zug rollt heran, kein Pfeifen einer Lokomotive ist zu hören, die Frau da im Straßengraben, nieselnaß und elend, kommt sich vor, als sei sie aus dem Leben herausgedrängt, als gehöre sie nicht mehr dazu, als befände sie sich außerhalb der Zeit. Vielleicht ist sie schon gestorben, und der Hund da ist ihr Weggefährte, er soll sie führen, dummerweise kennt er den Weg nicht. Oder er kennt ihn, doch es fehlt ihm die Kraft, aufzustehen und sie mit sich zu ziehen? Sie möchte aufstehen und Ausschau halten nach dem Zug, ihre Glieder gehorchen ihr nicht. Sonst würde sie auch das Zittern unterdrücken können, das sie plötzlich befällt und das ihren ganzen Körper erfaßt, ein Schüttelfrost drückt sie tiefer in den Graben, raubt ihr für Augenblicke die Besinnung. Sie gleitet lautlos in einen schwarzen Abgrund, stürzt, ihre Hände krallen sich in das Fell des Hundes, der den Kopf in die Höhe stößt und aufjault, als wolle er um Hilfe rufen. Still, denkt sie noch, dann legt sich eine Decke über sie und nimmt ihr die Luft.

Es ist die Gemeindeschwester, die die alte Frau etwa gegen 9 Uhr am Vormittag findet. Sie ist auf dem Weg zu einem Patienten, den sie jeden Morgen spritzen muß, fährt mit dem Moped dicht am Straßengraben entlang, weil es hier weniger Schlaglöcher gibt, muß am alten Bahnhof abbiegen – das Haus, in dem der Kranke wohl schon auf sie wartet, liegt etwa 500 Meter von der nicht mehr genutzten Bahnlinie entfernt. Sie weicht einem Stein aus, auch einer Pfütze, gerät sekundenlang auf dem schmierigen Pflaster ins Schleudern, fängt sich, wird auf einen Hund aufmerksam, der neben einem Kleiderbündel im Graben sitzt. Will vorbeifahren, da bemerkt sie, daß sich das Bündel bewegt. Ein Mensch – liegt dort etwa ein Mensch in der Nässe?

Sie bremst zu scharf, das Hinterrad rutscht aus, nur mit großer Mühe kann sie einen Sturz verhindern. Als sie sich dem Hund nähert, schiebt er sich mühsam in die Höhe, ein halbverhungertes Tier, jetzt trottet er auf sie zu, wedelt mit dem Schwanz, läßt die Ohren hängen.

Sie schiebt ihn zur Seite, bückt sich, rührt das Kleiderbündel an, ein Stöhnen wird laut, ein halber, röchelnder Schrei – wachen Sie auf, sagt die Schwester energisch, kommen Sie, Sie holen sich ja den Tod!

Aber der Weg aus der Bewußtlosigkeit in die Gegenwart dieses kalten, regennassen Tages ist weit. Es dauert lange, ehe sich die alte Frau aufrichten kann. Sie wischt sich mit dem Handrücken über die Augen, wischt die Schleier fort, die sie am Sehen hindern, atmet schnell, als würde sie gejagt.

Kommt der Zug? fragt sie leise, fahr' ich jetzt endlich heim?

Die Gemeindeschwester ist etwa 40 Jahre alt, eine gestandene Frau, wie man von ihr zu sagen pflegt, klein, kräftig, beherzt. Sie sieht auf den ersten Blick: Diese Frau da humpelt atemlos einem Traum nach, kommt dabei zu Schaden, ist wohl fortgegangen von daheim, und möglicherweise suchen die Angehörigen sie oder haben gar schon eine Vermißtenmeldung aufgegeben. Die Kleidung, obwohl naß und verschmutzt, beweist, daß man sich um sie kümmert, daß sie nicht allein einem harten, mühseligen Alltag ausgeliefert ist. Was ist über sie gekommen, welchen Ruf hat sie gehört?

Kommen Sie, sagt die Schwester, ich helfe Ihnen auf. Und dann gehen wir zusammen ins nächste Dorf, es ist nicht weit, gleich hinter der Krümmung dort. Sie müssen etwas essen, und Sie müssen sich die Kleider trocknen. Ich kümmere mich. Wie heißen Sie? Oder haben Sie Ihren Namen vergessen?

Unsinn, warum sollte sie ihn vergessen haben? Wie kommt diese Frau dazu, solche Fragen zu stellen.Sie heißt Amanda Hofmann, und sie stammt aus Breslau, und sie will endlich, endlich nach Hause. In der schwarzen Tasche hat sie sicher den Ausweis – oder hat sie ihn mit dem Geld auf dem Nachttisch liegen lassen? Sie weiß es nicht, sie hat Hunger, ihr ist kalt, der ganze Körper ist ein einziger Schmerz.

Wer sind Sie? fragt sie mit schwerer Zunge. Die Antwort scheint sie zu beruhigen. Gemeindeschwester – das ist eine Vertrauensperson. Vielleicht weiß sie, wann der Zug fährt?

Sie läßt sich aufhelfen, steht schwankend, setzt langsam einen Fuß vor den anderen. Die Schwester hält sie am Arm, das ist lästig und tut doch gut, eigenartig dieses Gefühl der Hilflosigkeit. Nichts sagen, nichts denken, einen Schritt gehen und den nächsten, von sich selbst fortgehen, angeklammert an einen fremden Menschen.

Plötzlich bleibt sie stehen. Der Hund? fragt sie. Wo ist der Hund?

Sie dreht sich um, erkennt das Tier, das mit hochgestellten Ohren mitten auf dem Fahrweg sitzt und ihr nachstarrt. Hund, ruft sie heiser, komm her, Hund!

Er winselt zu ihr, reibt wieder seinen Kopf an ihrem Bein. Wo haben Sie den aufgegabelt? fragt die Schwester. Die alte Frau antwortet nicht, bückt sich, zieht sich langsam und mühsam einen Strumpf aus, wickelt ihn um den Hundehals, hält das Tier daran fest, lächelt verlegen. Es ist, als ob ein Sonnenstrahl über eine graue, farblose Landschaft huscht. Sind sowieso naß, sagt sie, er hat mich gewärmt, er bleibt bei mir!

Als sie am Konsum anlangen, ist sie beinahe außer Atem. Die Schwester hilft ihr die Stufen hinauf. Notfall, sagt sie zu der Verkäuferin, wir brauchen etwas zu essen, und dann muß ich mit der Polizei telefonieren. Und etwas Warmes zu trinken bräuchten wir auch.

Die Verkäuferin hat sich bereits den üblichen Morgenkaffee gebrüht, den gibt sie der alten Frau gern ab. Ein Käsebrötchen, ein Wurstbrötchen – und der Hund? fragt die Frau, ich esse nichts, wenn er nichts hat!

Zum Glück besitzt die Verkäuferin daheim selbst einen Hund. Ein Napf mit Wasser, ein Wurstbrot – armer Kerl, sagt sie, den will wohl niemand mehr!

Die Schwester ruft, während die alte Frau den Kaffee mit kleinen, hastigen Schlucken trinkt, die Polizeibehörde der Stadt an und schildert den

Fall. Das geht uns nichts an, lautet die Antwort, sehen Sie zu, wie Sie damit fertig werden.

Wie gesagt, die Gemeindeschwester ist eine gestandene Frau! Sie weiß, daß auch ein Polizist einmal einen schlechten Tag haben kann. Also legt sie nicht auf, sondern bittet, die Suchmeldungen nach einer Amanda Hofmann durchzusehen, es könnte immerhin möglich sein, daß sie als vermißt gemeldet worden ist.

Das Schweigen am anderen Ende der Leitung dauert lange. Endlich die Antwort. Stimmt, eine Amanda Hofmann wird gesucht. Bärenstraße 6. Die Tochter hat die Vermißtenmeldung aufgegeben. Sie werden kommen.

Es ist aber noch ein Hund dabei, sagt die Schwester. Nur zu Ihrer Information. Den gibt die Frau nicht mehr her.

Hat er einen Beißkorb?

Nicht einmal ein Halsband.

Sie legt auf. Die alte Frau ist noch mehr in sich zusammengesunken. Der Kaffee hat ihr gutgetan. Eine schwere Müdigkeit drückt sie nieder.

Sie will heim, sagt die Schwester leise zu der Verkäuferin. Heim in die Kindheit, wo sie vor der Flucht gelebt hat. Immer noch Kriegsfolgen, nach so vielen Jahren ...

Der Zug, der plötzlich vor der Tür steht, sieht wie ein Auto aus. Der Schaffner trägt eine Uniform. Nun kommen Sie, sagt er, wir bringen Sie nach Hause.

Nach Hause?

Schleppend geht sie zum Auto, steigt aber nicht ein, ruft erst den Hund. Er hat sich versteckt, als das Auto anrollte, nun kommt er mit eingekniffenem Schwanz hinter den Mülltonnen hervor, geduckt, scheu. Sie faßt das Strumpfhalsband, zieht ihn zu sich, sieht den Schaffner an. Mein Hund kommt mit, sagt sie.

Der Mann hebt die Schultern. Das ist nicht seine Sache. Er kriegt einen Maulkorb um, dann kann er zu der alten Frau einsteigen.

Aufatmend sinkt sie in das Polster, der Hund drückt sich zitternd an sie. Alles Gute, sagt die Schwester, der Zug rollt an, sie schließt die Augen, ein seltsames Glücksgefühl nimmt von ihr Besitz, das sich verstärkt, als plötzlich ihre Tochter neben ihr ist und sie fest in die Arme nimmt. Nun bist du wieder zu Haus, Mutter, sagt Mechthild, komm, du wirst müde sein vom langen Weg.

Ich habe einen Hund, sagt sie, schau, was für ein schönes Tier!

Die Tochter rettet sich zum Glück nicht in lautstarke Vorwürfe. Sie ist froh, die Mutter wieder bei sich zu haben. Zugegeben, sie überläßt sie zuviel sich selbst und den eigenen Gedanken, hat genug mit sich zu tun und mit der heranwachsenden Tochter. Da muß die Mutter zurückstehen. Sie hat ein warmes Zimmer, saubere Kleidung, zu essen, zu trinken, hin und wieder eine Ansprache. Darf ein alter Mensch mehr verlangen?

Als sie bemerkte, daß die Mutter fortgegangen war und nicht wiederkehrte, ist sie von einem Augenblick zum anderen aus ihrer Sicherheit gestoßen worden. Plötzlich sind ihr alle Versäumnisse bewußt. Angstvoll sucht sie die nähere und weitere Umgebung ab, fragt fremde Passanten auf der Straße nach einer alten Frau, wartet auf Barbara, die wieder spät heimkommt. Überschüttet auch sie mit Fragen, ist ihr an der Großmutter in der letzten Zeit etwas aufgefallen? Barbara verneint, aufsässig erst, dann betroffen. Sie hat die Großmutter nicht beachtet, ist ihr ausgewichen, kann es nicht ausstehen, wenn man sie ausfragt. Jetzt kommt Angst auch in ihr auf. Wenn sie sich etwas angetan hat? Was wissen sie überhaupt von ihr?

Anderentags gibt Mechthild die Vermißtenmeldung auf. Sie sucht von sich aus weiter. Das schlechte Gewissen peinigt sie, daneben quält die Frage, ob sie eigentlich ein schlechtes Gewissen haben muß?

Jetzt hat sie kein schlechtes Gewissen, jetzt hat sie nur Mitleid. Eine alte, schmutzige Frau, ein alter, schmutziger Hund – vielleicht verhindert er, daß noch einmal Ähnliches geschieht?

Der Zug fährt ab, der Schaffner grüßt noch einmal, der Hund trabt die Treppen hinauf, als wüßte er Bescheid. Die alte Frau folgt langsam. Sie kennt sich aus, ist wieder in der vertrauten Umgebung, nicht daheim, das nicht, sie hat es schon begriffen. Aber da ist der Hausflur, das Bad, die Küche. Der Hund steht und starrt sie an.

Sie beugt sich zu ihm, nimmt seinen Kopf in beide Hände, sagt: Da bist du also! Dann geht sie in die Küche, schneidet eine Schnitte vom Brot ab, schmiert Butter darauf, zerteilt die Schnitte in kleine Stücke und gibt sie dem Hund. Öffnet die Tür zu ihrem Zimmer, schaut, wendet sich nach der Tochter um, weint plötzlich. Sieht an sich herab, verdreckter, durchnäßter Mantel, verschmutzte Schuhe, ein nacktes Bein, eiskalt, wie abgestorben. Verzeih, stammelt sie, es ist so über mich gekommen ...

Die Tochter nimmt sie wieder in die Arme. Schon gut, gräm dich nicht. Solange wir zurückwollen, sind wir noch nicht angekommen.

Seltsame Worte, sie führen den Traum weiter und sind schwer zu verstehen. Jetzt wird sie ein warmes Bad nehmen, sich auch die Haare waschen, und dann will sie sich ins Bett legen. Der Hund soll bei ihr bleiben, Bobby – ist es vielleicht doch ihr Kindheitshund? Hat er sich nur verändert, wie sie sich verändert hat?

Sie weiß es nicht. Sie weiß so wenig. Ihr Kopf schmerzt. Mit müder Bewegung schiebt sie den Mantel von der Schulter. Er gleitet zu Boden, ein lebloses, nasses Stück Stoff, über das sie steigt, steifbeinig, langsam, sie ist immer noch auf dem Weg, und wann wird sie endlich ankommen? Und wo?

Wohin treiben wir ...?

Wenn mir im Sommer 1989 jemand gesagt hätte, daß ich freiwillig an einer Demonstration teilnehmen würde: ich hätte ihn ausgelacht oder für verrückt erklärt!

Demonstrationen, bestellte Kundgebungen, Pflichtversammlungen – nichts für mich, hatte ich immer gedacht, da war ich taub und stur gewesen, die kleine Freiheit des Sichverweigerns hatte ich mir stets genommen.

Aber in jenen Wochen, in denen so viel anders geworden war, in denen die alten Maßstäbe nicht mehr galten und neue noch nicht gefunden waren, fuhr ich zuweilen an den Montagen nach Halle, um an der wöchentlichen Demonstration teilzunehmen. Mich begleitete jedesmal eine ältere Frau aus unserer Gemeinde, Ostpreußin, seit vielen Jahren hier ansässig. Auch die erste Demonstration im neuen Jahr – wir schrieben inzwischen das Jahr 1990 – wollten wir nicht versäumen. Uns beherrschte ein eigenartiges Pflichtgefühl und auch Neugier: Würde sich das Neue, das sich sehr verhalten ankündigte, am Ende wirklich durchsetzen können?

Das Friedensgebet in der Marktkirche schenkten wir uns, wir hatten einen späteren Bus genommen und waren gerade rechtzeitig an Ort und Stelle, als sich der Demonstrationszug in Bewegung setzte. Es war gegen 17 Uhr, die Dämmerung ging bereits in Dunkelheit über, die Straßenlampen gaben ein fahles, kaltes Licht. Wir standen auf dem Bürgersteig, wir lasen einige Transparente: "SPD – die Partei der Zukunft", "Deutschland, einig Vaterland!" Auf einem großen Transparent, das von zwei jungen Männern getragen wurde, stand: "Stasischreck treibt unsere Bürger weg!"

Hier reihten wir uns ein, wir schoben uns einfach in die Menge, automatisch machte man uns Platz. Wir gingen langsam, schweigend, jeder für sich, und jeder doch ein Teil der Menge. Man unterhielt sich miteinander, es war kein Schweigemarsch, gleichzeitig war die Stille nicht zu überhören. Zuweilen fing einer an zu klatschen, andere fielen ein, die rhythmischen Schläge hallten in den Straßen wider, nach einer Weile ebbten sie ab; ein anderer begann zu rufen, zum Beispiel: Stasi raus! Hunderte von Stimmen fielen ein, das brandete an den Häusern empor und füllte die Straßen und dröhnte und pochte – wer konnte und wollte sich letztlich diesen Forderungen entgegenstellen? Vielleicht die, die an den Straßenrändern standen und zusahen und warteten? Zuweilen kamen einige von ihnen in den Zug, viele aber hielten sich zurück. Möglicherweise aus Müdigkeit oder aus Bequemlichkeit oder weil sie meinten, die Karre stekke so tief im Dreck, daß auch das Demonstrieren nichts mehr nützen könnte?

Ich ging schweigend. Manchmal klatschte ich.

Dabei hatte ich das Gefühl, auf mein bisheriges Leben zu schlagen. Ich konnte mir dieses Gefühl nicht erklären. Es war so vieles unklar in mir. Ich war dankbar für diese leise Revolution, die uns viel Gutes gebracht hatte, aber ich war zugleich voller Sorge vor dem, was auf uns zukam. Ein Glück, dachte ich, daß ich schon so alt bin! Rentenbezieher! Trotzdem noch nicht aus dem Rennen ausgeschieden. Statt Arbeit am Schreibtisch Teilnahme an Demonstrationen. So verlagern sich die Gewichte. Nicht das Leben beschreiben, sondern das Leben leben. Welch eine Aufgabe!

Der Zug schob sich durch die engen Straßen der Innenstadt. Straßenbahnzüge standen still, einige Fahrer nickten, als sie die Transparente lasen. Wir mußten vorsichtig gehen, die Steinplatten zwischen den Schienen waren teilweise zerbrochen, teilweise waren die Schienen auch so weit abgesunken, daß die Platten weit herausragten. Kein Wunder, daß immer wieder Straßenbahnzüge entgleisten und der Verkehr stockte. Zur Zeit, so entnahmen wir den Gesprächen, die um uns herum geführt wurden, galt sowieso kein Fahrplan mehr; die wenigen Fahrer, die noch zum Dienst kamen, hatten sich geweigert, weiterhin Überstunden zu fahren.

Die Kundgebung fand am Fahnenmonument statt. Das Fahnenmonument vor dem Bezirksgericht sollte die rote Fahne der Revolution darstellen. Betonfertigteile, zu einer wehenden Fahne aufgerichtet. Aber seit der letzten Silvesternacht war diese Fahne nicht mehr nur rot, sondern zugleich auch bunt. Das waren die Neonazis, hieß es in der Presse empört, Schmierereien, Verunglimpfungen, ein Amt für Verfassungsschutz müsse her, so dürfe es nicht weitergehen! Am anderen Tag wurden diese Meldungen zurückgenommen. Einige Betrunkene hätten sich hier in der Silvesternacht vergnügt, hieß es, nur das, nichts weiter.

Auf der Kundgebung erfuhren wir, was wirklich geschehen war: Eine Gruppe Jugendlicher hatte unter der Fahne das Jahresende gefeiert. Natürlich hatten sie zu trinken da, außerdem einige Gaskocher, jede Menge Eier und Farbe. Die Eier wurden ausgeblasen, mit Farbe gefüllt und an die rote Zementfahne geworfen, auf diese Weise verzierte man sie mit bunten Farbtupfern. Auf den Gaskochern wurde jede Menge Rührei gebraten, das Rührei wurde mit gutem Appetit verzehrt. Am Schluß wurden Plakate mit albernen Aufschriften am Fuß der Fahne aufgestellt, ein Plakat trug aber eine sehr hübsche Aufschrift: Mit einem bunten Segel in die Wende! Der Platz wurde aufgeräumt, nur die Flaschen blieben für die Müllabfuhr stehen – ein Silvesterspaß während der Stunden, als Hunderttausende am Brandenburger Tor feierten. Aber in der Presse hieß es anderentags: Neofaschistenspuk! Und eine genaue Darstellung des Geschehenen durfte nicht gedruckt werden.

Laute Proteste, Pfiffe, rhythmische Rufe: Stasi raus!

Ich schaute mir die Fahne an. Ich dachte: Das Rot überwiegt immer noch. Es muß noch mehr Farbe darangeworfen werden. Welch eine hübsche Idee: die bunte Fahne der Wende ...

Und ich dachte: wir müssen sehr achtgeben, daß es bei der Wende bleibt!

Mittlerweile hatte es zu nieseln begonnen, auch der Wind war stärker geworden. Aber wir hielten aus. Erst nach 19 Uhr löste sich der Zug auf, die Hallenser konnten nach Hause gehen, wir vom Dorf mußten auf den nächsten Bus warten. Der fuhr erst gegen 21 Uhr. Also blieb uns wieder nur der triste, graue Wartesaal im Bahnhof, wir hatten uns Schnitten mitgebracht, die konnten wir dort essen. Und die kleine Frau und ich konnten miteinander reden, so würde die Zeit schon vergehen.

Im Wartesaal fanden wir einen freien Tisch an der Wand. An einem Tisch in unserer Nähe saßen vier junge Männer. Einer von ihnen hatte einen geschorenen Kopf, die anderen trugen Mützen. Sie tranken Bier und Brause, eine Flasche Schnaps machte die Runde. Sie waren still und unauffällig. Wahrscheinlich wäre ich überhaupt nicht auf sie aufmerksam geworden, wenn da nicht plötzlich ein älterer Mann auf sie zugegangen wäre und laut "Nazischweine" gerufen hätte. "Nazischweine" und "Faschisten"!

Immer wieder.

Endlich stand einer der jungen Männer auf, ballte die Faust, hielt sie dem Alten drohend unter die Nase. "Maul halten", schrie er zurück, "nicht noch mal so was!"

Aber der Alte schimpfte weiter auf sie ein.

Da schlug der junge Mann zu, der Alte stolperte, fiel mit dem Rücken auf einen der Tische. Der junge Mann ließ von ihm ab, setzte sich zu den anderen, sie sprachen erregt miteinander. Ich konnte nicht verstehen, was sie sagten. Ich beobachtete den Alten, der sich in gehöriger Entfernung aufstellte und erneut Schimpfereien losließ.

Eine Weile hatte es den Anschein, als ob die vier nicht reagieren wollten. Schließlich stand der junge Mann, der schon einmal zugeschlagen hatte, erneut auf, war blitzschnell bei dem Alten, packte ihn, legte ihn unsanft auf einen der Nachbartische und forderte ihn auf, seinen Mund zu halten, er schlüge ihm sonst die Zähne ein.

Einer der Kassierer am Büfett, der den Vorgang ebenfalls beobachtet hatte, kam zu den beiden und forderte den Alten auf, den Wartesaal zu verlassen. Ruhig, aber bestimmt, führte er ihn nach draußen. Dann ging er zu den jungen Leuten, ich hörte, wie er zu ihnen sagte, daß es ihn nicht interessiere, ob sie Neonazis wären oder nicht! Solange sie sich hier ordentlich benehmen würden, könnten sie selbstverständlich bleiben. Der mit dem abrasierten Kopf sagte: "O.k., Chef!" Der Kassierer ging wieder zum Büfett, der Alte aber stand jetzt am Eingang des Wartesaals und brüllte: "Und es sind doch Nazischweine!"

Da sprangen zwei der jungen Männer zu ihm und zerrten ihn in die Bahnhofshalle – ob sie ihn dort verprügelten, konnte ich nicht sehen. Sie kehrten nach einiger Zeit zurück, die Schnapsflasche wurde herumgereicht, auch frisches Bier wurde geholt, ansonsten aber blieben sie weiterhin ruhig und unauffällig.

Die kleine Frau fragte leise: "Ob es wirklich Nazis sind?" Ich zuckte die Schultern.

Und wieder dachte ich: Wohin treiben wir?

Im Bus später saßen nur wenige Leute. Zwei junge Männer, die auch auf der Demo gewesen waren, grüßten freundlich. Wir schwiegen, die Müdigkeit drückte uns fast die Augen zu. Zum Abschied gaben wir uns die Hand. "Nächste Woche wieder?" fragte ich. Die alte Frau nickte: "Es wird noch nötig sein", antwortete sie.

Ich ging schnell die Dorfstraße hinunter. Unser altes Haus versprach Sicherheit, eine Sicherheit, die es draußen nicht mehr zu geben schien.

Und ich dachte: Wird es sie jemals geben? Und wann?

Wie weiter, meine Freundin?

Ich kann es nicht fassen, daß du nicht mehr neben mir bist! Daß du tot sein sollst! Ausgerechnet du, die du immer so voller Lebendigkeit und Hoffnung warst, die Hoffnung hat dich nie verlassen, sie ist eines der Wesensmerkmale gewesen, die ich am meisten an dir geliebt habe. Sie hat dich bis zuletzt nicht verlassen, ich schaffe es schon, hast du bei meinem letzten Besuch im Krankenhaus gesagt, nun laß den Kopf nicht hängen, Unkraut vergeht nicht, das solltest du wissen!

Du bist kein Unkraut gewesen, du bist etwas sehr Besonderes gewesen! Du hast uns allen immer Mut gemacht, früher und jetzt; aber nun hast du sterben müssen, weil du dich wieder einmal eingemischt hast, weil du es nicht hast ertragen können, daß neben dir eine alte Frau von Jugendlichen angegriffen und beraubt wurde. Du bist ihr zu Hilfe gekommen, du hast dich für sie verantwortlich gefühlt, dabei hat man dich zu Boden gestoßen, komplizierter Beinbruch, du mußtest operiert werden, warst schon auf dem Wege der Besserung, aber dann: Embolie – und nun bist du nicht mehr da, und ich begreife nicht, daß ich dich nie wiedersehen soll! Dich, meine Freundin und Kollegin, wir haben jahrelang im gleichen Zimmer als Sachbearbeiterinnen gesessen, wir haben jahrelang unsere Sorgen und Freuden miteinander geteilt, wir haben uns beigestanden, wenn es nötig war – zugegeben, du hast mehr für mich getan als ich für dich, das werde ich dir nie vergessen.

Als mein geschiedener Mann damals die Ausreise beantragte und ich deswegen im Betrieb ziemliche Schwierigkeiten bekam, hast du zu mir gehalten, hast du mir Mut gemacht, nicht mit Worten, geredet hast du nie viel. Aber ich weiß noch, wie oft du mich nach der Arbeit mit zu dir nach Hause genommen hast, ich mußte essen und mit dir fernsehen, und manchmal habe ich nachts auf deiner Couch geschlafen, ich fühlte mich in deiner Nähe einfach sicherer. Du setztest dich auch mit Herbert in Verbindung, er hatte seine Arbeit verloren und war ziemlich verzweifelt. Obwohl wir im bösen auseinandergegangen waren, tat er mir leid, wir sorgten beide, so gut es ging, für ihn; das ermittelte natürlich die Stasi, wir wurden zu einer Befragung bestellt. Mir war vor Angst die Kehle wie zugeschnürt, du aber schienst ganz ruhig, und als man dir jeden weiteren Kontakt mit diesem Verräter untersagte, antwortetest du, daß du dir nicht vorschreiben ließest, mit wem du Umgang hättest, das wäre doch immer noch deine Privatsache. Nach zwei Stunden konnten wir gehen, mir war schlecht vor Angst, du fuhrst mich an, ich sollte mich zusammennehmen, vor diesen Leuten dürfte man nicht in die Knie gehen. Bei dir zu Hause tranken wir jede einen Schnaps, ich blieb wieder einmal bei dir. Mitten in der Nacht setztest du dich zu mir und sagtest: So geht das nicht weiter, irgend etwas müssen wir tun! Ich war zu müde, um darauf zu antworten. Du saßest ziemlich lange bei mir, ich schlief darüber ein, am Morgen hatten wir es eilig, auf Arbeit zu kommen, wir erwähnten die letzte Nacht nicht mehr.

Im Sommer 89 durfte Herbert ausreisen, von einer Stunde zur anderen. Er hatte nicht einmal Zeit, sich von uns zu verabschieden, rief vom Bahnhof aus im Betrieb an, du nahmst das Gespräch entgegen. Ich sah, wie dein Gesicht blaß wurde, du gabst mir den Hörer, ich erkannte Herberts Stimme.

Ich hau ab, sagte er, bleibt gesund, ich melde mich, wenn ich drüben Fuß gefaßt habe ...

Später sagtest du etwas, das ich nicht vergessen habe und woran ich gerade in den letzten Tagen gedacht habe: Das Fortgehen ist schwer, das Bleiben ist oft schwerer. Auch das eigene Sterben ist schwer – aber das Weiterleben nach dem Tod eines geliebten Menschen ist ungleich schwerer ...

Wie recht du damit gehabt hast, meine Freundin!

Du fehlst mir jeden Tag mehr. Ich vermisse deine große, kräftige Gestalt, dein ausdrucksvolles Gesicht, deine Fröhlichkeit. In meiner Erinnerung bist du eigentlich immer fröhlich gewesen, auch in deinem Zorn, der zuweilen wie eine Woge über dir zusammenschlug, war noch Fröhlichkeit. Du hast, im Gegensatz zu mir, gern gekämpft und gern deine Kräfte gemessen. Ich habe mich lieber ganz klein gemacht und mich versteckt. Und gewartet. Und mich still verhalten.

Als du damals zu den Demonstrationen gegangen bist, bin ich daheim geblieben. Deswegen schäme ich mich noch heute. Du hast mich nie aufgefordert, mitzugehen, aber ich hätte mitgehen können. Es war mir zu mühsam, zu unsicher. Auch zu riskant. Ich weiß noch, wie unser Chef uns zusammenrief und uns erklärte, er wünsche nicht, daß jemand aus dem Kollektiv an den ungenehmigten Demonstrationen teilnehmen würde. Du sahst ihn groß an, und dann lächeltest du. Er sagte zu dir, daß du dich in acht nehmen solltest. Darauf du: Sie auch! Ihr standet euch gegenüber, es war wie ein Kampf mit Blicken, schließlich drehte er sich um und ging in sein Zimmer, und du flüstertest: Kleiner Gernegroß!

Komisch, manche Worte vergißt man nicht, auch manche Szenen vergißt man nicht. So sehe ich dich noch immer am Schreibtisch stehen, du schneidest dir aus einem Stück Pappe einen Deckel, in die Mitte dieses Deckels stichst du ein Loch, durch das du eine Kerze schiebst. Ich schaue zu, du siehst mich fragend an, aber ich schüttle den Kopf. Von der Arbeit gehst du gleich zum Markt, ich gehe heim, bin voller Unruhe, die vielen Polizeistreifen in den Straßen machen mich nervös. Irgend etwas liegt in der Luft, irgend etwas Ungutes. Daheim halte ich es nicht aus, ich laufe schließlich auch zum Markt, erreiche ihn nicht, weil er von Polizisten abgesperrt wird. Machen Sie, daß Sie nach Hause kommen, fährt man mich an, Sie haben hier nichts verloren. Doch, denke ich, ich habe meine Freundin verloren, die muß dort irgendwo sein mit ihrer Kerze ...

Schließlich gehe ich zu dir nach Hause, setze mich auf die Treppenstufen und warte auf dich. Du kommst nach langer Zeit, erschöpft, aber keineswegs niedergeschlagen. Die wollten mich verhaften, sagtest du, als du mich sahst, aber ich habe so lange auf sie eingeredet, bis sie mich endlich haben laufen lassen. Die haben Angst vor uns und vor unseren Lichtern, das müssen wir ausnützen, wir dürfen uns nicht schonen ...

Du hast dich nicht geschont! Du hast demonstriert, du hast am Runden Tisch mitgearbeitet, du hast so viel getan, daß du der Betriebsleitung unheimlich wurdest. Als es mit unserem Betrieb bergab ging, gehörtest du zu den ersten, die in den Vorruhestand entlassen wurden. Da habe ich dich zum ersten Mal mutlos gesehen. Und müde. Als du deine Sachen im Betrieb zusammengepackt hattest und dich zu mir umdrehtest, um dich zu verabschieden, hattest du Tränen in den Augen. Ich umarmte dich. Du machst nur den Anfang, sagte ich, uns anderen wird es bald ähnlich ergehen. In diesem Augenblick rief mich der Chef zum Diktat. Dem nicht, sagtest du leise, der windet sich durch, und gerade das ist nicht zu ertragen ...

Weißt du, woran ich lieber denke als an jene Zeit nach der Wende? An den ersten Sommer mit dem neuen Geld! Unsere schmalen Bankkonten waren zwar halbiert worden, aber unsere Ansprüche waren klein geblieben, wir lebten sparsam und gönnten uns dafür ein paar Reisen in die neue Welt. Goslar zum Beispiel! Ich sehe dich noch durch die Stadt gehen, nein, nicht gehen, beinahe tänzeln. So schön kann eine Stadt sein, sagtest du immer wieder, und so schön das ganze Leben! Wissen die Menschen hier eigentlich, wie gut es ihnen geht? Sie wissen es sicher, sie haben andere Gesichter als wir, ausgeruhte Gesichter. Wir sehen alle aus, als hätten wir in den letzten 40 Jahren vor lauter Anspannung nicht genug geschlafen!

Was du nur für Sätze gesagt hast! Sie klingen immer noch in mir nach.

Zum Beispiel: wenn wir jetzt nicht achtgeben, bleibt unser Leben grau wie ein Nebeltag! Nun blas aber mal den Nebel fort mit dem bißchen Puste, das uns geblieben ist!

Im Herbst bin ich dann auch arbeitslos geworden. Daß ich nicht in Verzweiflung gefallen bin, verdanke ich dir. Nicht aufgeben, hast du gesagt, wir dürfen nicht aufgeben, wir werden uns einrichten, zieh zu mir, zwei Zimmer, eins für dich und eins für mich, die große Küche richten wir uns als Wohnküche ein, so brauchen wir nur eine Miete zu zahlen und sparen auch bei anderen Ausgaben. Wir kommen schon miteinander aus, das wäre gelacht. Du machst eine Umschulung, du bist noch zu vermitteln, ich komme mit meinem Geld gerade so hin, wir werden uns doch die gute Laune nicht nehmen lassen!

Wir sind wirklich zusammengezogen, und es ist gut gegangen mit uns. Ich habe eine Umschulung angefangen, du hast eine Altenpflege übernommen bei einer über achtzigjährigen Frau, jeden Tag drei Stunden, das hast du bis zu deinem Tode gemacht. Verdient hast du wenig dabei, aber das hat dich nicht gestört. Noch zu etwas nütze sein, das war dir wichtig, und sei es auch nur für einen alten Menschen. Mit ihm sprechen, den kleinen Haushalt in Ordnung halten, einkaufen, sich um Wäsche und Arztbesuche kümmern – spüren, daß man sinnvolle Arbeit tut, hast du häufig zu mir gesagt, was gibt es Besseres? Die Arbeit liegt auf der Straße, wir müssen uns nur bücken und sie aufheben und dürfen nicht warten, daß andere sie uns auf einem Tablett präsentieren.

Ach, meine Freundin, mit dir hat das Leben Spaß gemacht! Mit dir habe ich es auch ertragen, daß ich von Herbert nichts mehr gehört habe. Der Schmerz darüber, fein wie ein Nadelstich, ist längst vergangen. Du hast ihn weggewischt mit einer energischen Handbewegung: Aus den Augen, aus dem Sinn ...

Jedem Tag hast du eine Freude abgerungen. Ein geruhsames Frühstück mit Kaffee, frischen Brötchen, Butter und Marmelade – und es konnte eigentlich nichts mehr schiefgehen. Ein Glas Wein am Abend – früher hätten wir uns das nicht leisten können, meintest du dann, heute dagegen kriegt man schon mal billigen Wein, das ist doch hübsch! Du hast die Sorgen immer wieder in die Schranken gewiesen – nur eine Sorge hat dich, je länger, je mehr, umgetrieben: die Sorge um die jungen Leute, die, aus der bisherigen Bahn geworfen, nun nicht mehr mit dem Alltag zurechtkommen und an ihm zu zerbrechen drohen.

Das geht nicht gut mit ihnen, hast du oft geklagt, keine Arbeit mehr, oft nicht einmal Lehrstellen, kein Geld, keine Aussicht, bald etwas zu verdienen – und dann das Angebot ringsum, dieser Drang zum Konsum, der aber eben aus Geldmangel nicht zu realisieren ist – kannst du mir sagen, was daraus werden soll?

Ich habe es so wenig gewußt wie du. Es hat mich nicht sonderlich interessiert. Ich habe mit meinen eigenen Problemen genug zu tun gehabt. Ich habe dir zugehört und die Schultern gezuckt und die Sache abgetan. Um die Jugendlichen an den Straßenecken habe ich einen Bogen gemacht. Du übrigens auch! Du hast dich zwar um sie gesorgt, aber mit ihnen geredet hast du nicht. Wahrscheinlich, weil nicht einmal du gewußt hast, was man ihnen hätte Positives sagen können.

Und nun hat dich einer von ihnen umgebracht! Nicht direkt, er hat dich nicht erschlagen. Aber indirekt hat er Schuld an deinem Tod. Ob er das weiß? Und ob ihm das innerlich zu schaffen machen würde – wenn er es wüßte?

Du hast mir selbst erzählt, wie sich alles abgespielt hat: Die alte Frau Schmitt, der du zur Hand gegangen bist, hat zur Sparkasse gehen müssen, sie wollte dort einiges regeln. Allein hat sie nicht gehen können, also hast du sie begleitet. Auf der Kasse hat sie unter anderem 300 Mark abgehoben. Es ist dort wieder sehr voll gewesen, die Kunden haben dicht an dicht gestanden, so ist es nicht verborgen geblieben, daß die alte Frau Geld in Empfang genommen hat. Auf der Straße hat sie sich bei dir eingehakt, ihr seid langsam gegangen, schweigsam auch, das Sprechen hätte die alte Frau zu sehr angestrengt.

Plötzlich haben euch sechs Jugendliche umringt, einer von ihnen hat der Frau Schmitt die Handtasche vom Arm gerissen und hat fortlaufen wollen, du hast es zu verhindern gesucht und ihn am Arm festgehalten, so ist es zu einem Handgemenge gekommen. Die anderen jungen Leute haben eingegriffen, sie haben dich zu Boden gestoßen, dabei bist du so unglücklich gefallen, daß der Schmerz dir fast die Besinnung geraubt hat. Komplizierter Beinbruch – du hast auf dem Bürgersteig gelegen, Frau Schmitt hat um Hilfe geschrien, Passanten haben sich um euch gekümmert, aber die Handtasche mit dem Geld war fort. Du bist ins Krankenhaus gebracht worden, man hat mich benachrichtigt, nachmittags habe ich dir alles Notwendige gebracht. Du hast nur von Frau Schmitt geredet und von den Jungen, an dich hast du nicht gedacht. Das wird schon wieder, hast du gesagt, aber wie können wir den anderen helfen?

Darüber habe ich mir nicht den Kopf zerbrochen und tue es auch jetzt nicht. Was gehen mich die jungen Leute an? Sollen sie zusehen, wie sie über die Runden kommen, ich muß ja auch zusehen, wie ich über die Runden komme, ohne dich, das fällt mir von Tag zu Tag schwerer. Ich suche dich, aber ich finde dich nicht mehr. Ich stehe in deinem Zimmer und sehe dich auf dem Bett sitzen, du ziehst dir die Strümpfe an, das dauert seine Zeit, deine Knochen sind nicht die besten. Altes Wrack, sagst du, die Knochen bringen mich noch einmal vorzeitig ins Grab!

Ich wollte, du hättest nicht recht behalten! Ich wollte, du wärst noch neben mir und ich könnte mich an dir festhalten. Ich wollte, deine Stimme sagte mir, was ich zu tun und zu lassen habe. Was fange ich nur mit mir an in einer Zeit, in der nichts so wichtig ist wie die Nähe eines lieben Menschen?

Um die alte Frau Schmitt kümmere ich mich jetzt, da kannst du beruhigt sein. Sie begreift deinen Tod so wenig wie ich. Und sie fühlt sich schuldig. Wenn ich nicht zur Sparkasse hätte gehen müssen, würde sie noch leben, sagt sie immer wieder; ich tröste sie zwar, aber ich weiß nicht, ob mein Trost sie erreicht.

Am Tag nach deiner Beerdigung hat man mir übrigens eine Stelle in einem großen Getränkelager angeboten, im Büro, erträgliches Gehalt, aber ich müsse mit unbezahlten Überstunden rechnen. Ich habe angenommen, gerade der Überstunden wegen. Ich laufe vor der Trauer nicht davon, ich trage sie immer mit mir. Aber ich muß lernen, mit ihr zu leben, mit ihr und ohne dich. Das gelingt mir besser, wenn ich zu tun habe.

Und doch: Mir ist noch nie so bang gewesen vor der Zukunft wie jetzt ...

Auf dem Abstellgleis

Sie wartet immer noch auf das Klingeln des Weckers, dabei weiß sie, daß er nicht klingeln wird. Sie hat ihn nicht gestellt, sie braucht ihn nicht mehr, sie kann so lange im Bett liegenbleiben, wie sie will, aber sie wartet unwillkürlich, und sie denkt: Wie schön, wenn ich jetzt zur Arbeit gehen könnte, wenn ich gebraucht würde, wenn der Tag einen Sinn hätte!

Sie denkt immer die gleichen Worte, liegt zusammengekrümmt, als könnte sie sich auf diese Weise verstecken, verbergen, unsichtbar machen. Gleichzeitig lauscht sie auf die Geräusche, die das Haus zu ihr schickt. Auch die Geräusche sind anders als früher, leiser, verhaltener. Wenn sie früher unter der Dusche stand, hörte sie die laute Radiomusik von nebenan, auf der Straße klappten Autotüren, Motoren wurden gestartet, dazwischen, für sie aufs neue unbegreiflich, der laute Gesang von Frau Rose, die unter ihr wohnt; von einer Sängerin erwartet man, daß sie singt, aber doch nicht so laut und nicht zu so früher Stunde! Vor langer Zeit hatte sie sie einmal gefragt, wie es käme, daß sie bereits morgens so aktiv wäre, sie selbst brächte kurz nach dem Aufstehen bestimmt keinen Ton aus der Kehle. Die Menschen sind eben verschieden, hatte Frau Rose freundlich geantwortet, mich macht das Singen wach, hören Sie weg, wenn es Sie stört!

Jetzt singt Frau Rose schon seit Wochen nicht mehr, und die Radiomusik von nebenan ist um diese Stunde verstummt, auch auf der Straße ist es stiller geworden. Es gehen nur noch wenige auf Arbeit, die meisten sind wie sie auf Null gestellt und lassen den Tag langsam angehen, bleiben im Bett, schieben das Aufstehen hinaus – was sollen sie mit der vielen Zeit anfangen?

Auf Null gestellt! Drei Worte, die sie haßt! Sie schieben sie brutal auf ein Abstellgleis, Null, Null, so hämmert es in ihr, du bist eine Null, ein Nichts, eine Last, rühr dich nicht, begehr nicht auf, es hat keinen Zweck, der Betrieb geht pleite, das haben wir alle nicht vorausgesehen, als damals im Herbst die Grenzen geöffnet wurden, vielleicht, wenn wir's gewußt hätten, wäre unser Jubel zaghafter gewesen. So ist unser Jubel laut gewesen, voller Triumph, voller Glückseligkeit. Nun wird alles gut, haben wir gedacht, nun hat die Not ein Ende, nun können wir die Ärmel hochkrempeln und zupakken und loslegen, nun können wir mithelfen, daß es bei uns bald ebenso schön sein wird wie auf der anderen Seite der Mauer. Irrtum, großer Irrtum, krempelt die Ärmel wieder runter, bleibt morgens lange im Bett, sonst dehnen sich die Stunden zu Ewigkeiten. *Auf Null gestellt*, und das heißt eben: aus dem Rennen geworfen!

Manchmal buchstabiert sie das Wort *Zeit* vor sich hin, Buchstabe um Buchstabe. *Zeit*, nach der hat sie sich früher gesehnt, früher, als alles so ganz anders gewesen ist! Da hat sich eine Arbeit an die andere angeschlossen, Langeweile gab es nicht, sie hat im Gegenteil oft ein bißchen geseufzt und gejammert. Mal krank sein, hat sie gedacht, nur wenig, keine Schmerzen haben, aber eben Zeit, um beispielsweise geruhsam frühstücken zu können, nicht im Stehen eine Tasse Kaffee trinken, und das war's dann. Gleichzeitig hat sie diese Hetzerei genossen, sie hat sich bis in die Haarspitzen hinein am Leben gefühlt, gefordert, gebraucht, das hat ihr gefallen. Wie sehr es ihr gefallen hat, weiß sie erst jetzt, wo sie viel Zeit hat. Zuviel Zeit, mit der sie nichts anfangen kann.

Auf Null gestellt. Bald ganz arbeitslos. Begriffe, die ihr bisher fremd gewesen sind und die sie nun bedrohen, sie, Eva Gründler, 51 Jahre, jahrzehntelang Sekretärin in einer Maschinenfabrik, Lebensstellung sozusagen, rechte Hand vom Chef; aber die Treuhand legt diesen Betrieb still, nicht rentabel genug, ein neuer Käufer findet sich anscheinend nicht. Wenn der Chef nichts mehr zu tun hat, hat die Sekretärin auch nichts mehr zu tun, das ist ganz einfach, man muß es nüchtern betrachten und unsentimental. Für die Produkte der Firma gibt es keinen Abnehmer mehr, die SU kann die Waren für D-Mark nicht kaufen, also bleiben sie auf den Waren sitzen, der westliche Markt braucht diese Waren nicht. Es tut mir sehr leid, hat ihr Chef zu ihr gesagt, mir wäre es lieber gewesen, wenn wir hätten weitermachen können wie in alten Zeiten, da hatten wir Mühe, das Material heranzukriegen, aber unsere Produkte wurden wir los. Sollte es noch einmal besser werden, hole ich Sie zurück, doch hoffen Sie nicht zu fest darauf, sehen Sie sich nach anderen Jobs um, das kann nie schaden ...

Worte, die laufen durch ihre Gehirnwindungen wie Ameisen, immer den gleichen Weg, vor und zurück, dazwischen ein paar Gedanken, ich müßte aufstehen, denkt sie, eine Tasse Kaffee wird mir guttun, ich werde sie ganz langsam trinken, das dauert, das braucht seine Zeit. Und dann werde ich die Wohnung in Ordnung bringen und vielleicht auf den Markt gehen, dort bekomme ich alles etwas billiger als in den Geschäften. Und dann werde ich nach Hause bummeln, auch das braucht seine Zeit. Warum ist der Tag nur so entsetzlich lang?

Sie duscht lange und heiß – noch kann sie sich diesen Luxus gönnen, erst ab Juli oder August muß sie mehr Wassergeld bezahlen. Dann heißt es: Wasser sparen! Wie es jetzt schon heißt: Strom sparen! An und für sich vernünftig, mit Strom hat sie früher nie gespart, sie hat es gern hell in der Wohnung gehabt. Jetzt knipst sie immer nur eine Lampe an, das langt, so verbraucht sie weniger Energie. Aber auf das Duschen verzichtet sie noch nicht, das genießt sie, solange sie es sich leisten kann.

Immerhin fühlt sie sich danach frischer und nicht mehr ganz so matt. Sie könnte wunderbar an ihrem Schreibtisch arbeiten, wenn da noch Platz wäre für sie. Aber es gibt wahrscheinlich nicht einmal mehr den Schreibtisch, viel weniger den Platz davor, so ist das nun mal.

Ihre Wohnung ist klein und pflegeleicht, zwei ferngeheizte Zimmer, winzige Küche und Bad. Die Miete durchaus erschwinglich – ob sie das in ein paar Monaten immer noch wird sagen können? Vor der Mietsteigerung ist ihr bang wie vor vielem anderen, zum Beispiel vor der Zeit, die vor ihr liegt wie ein Berg, den sie abtragen muß, warum sagt ihr niemand, wie sie ihn abtragen kann?

Auf der Treppe trifft sie mit Frau Rose zusammen. Sie grüßen sich freundlich, gehen miteinander die Treppe hinunter zur Haustür, schweigend, keine von ihnen fragt die andere, wie es ihr gehe. Sie wissen es auch so, keine Arbeit, da geht es keinem gut, wozu eine Selbstverständlichkeit aussprechen? Ein kleines Lächeln, ein Kopfnicken, die Wege trennen sich, so erspart man sich eine mühsame Unterhaltung. Vor ein paar Tagen ist Eva mit Frau Rose zufällig im Keller zusammengetroffen, da hatte Frau Rose ein verheultes Gesicht, sie putzte sich umständlich die Nase und wandte sich ab, und Eva sagte nur: Es ist, als ob man keine Luft bekäme. Frau Rose nickte, faßte ihren Arm, hielt sich sekundenlang fest, und dann ging sie nach oben, nicht so leichtfüßig wie sonst, sondern unendlich müde.

Auf dem Markt herrscht reges Treiben. Verkaufsstand neben Verkaufsstand: Gemüse, Geflügel, Blumen, Käse, Fisch und wieder Gemüse und Obst. Dazwischen Menschen, Menschen – wo kommen sie nur her? Auf Null gestellt auch sie, außer den Rentnern, die sorgfältig prüfen, an welchem Stand sie am billigsten kaufen können? Sie prüft ebenfalls, sie hält ihr Geld zusammen, viel ist es nicht, es rinnt sehr schnell durch die Finger, viel zu schnell, wenn man es nicht beharrlich hütet. Einen Kopf Salat nimmt sie sich mit, eine grüne Gurke und ein paar Bananen, beim Blumenstand zögert sie, die Tulpen locken, gelbe und rote Tulpen aus Holland, dort wäre sie jetzt gern, einfach einmal durch Amsterdam schlendern, sich umsehen und umhören, Neues aufnehmen und mit nach Haus nehmen. Etwas verlegen fragt sie, ob sie eine gelbe und eine rote Tulpe bekommen könne, nicht mehr, nur eben diese zwei. Der Verkäufer nickt, wickelt die Blumen ein, will kein Geld dafür. Ein Geschenk, Madame, sagt er. Sie dankt und geht, geht langsam nach Hause, verzichtet auf die Straßenbahn – so trennt sie wieder eine halbe Stunde von dem Kuchen *Zeit* ab, den sie heute noch essen muß und der ihr schon jetzt wie ein Kloß im Magen liegt.

Dann, als daheim alles gerichtet ist und sie auch den Salat für das Mittagessen geputzt hat, als ihr für den Vormittag nichts mehr zu tun bleibt, als sie ein paarmal durch die Wohnung gegangen ist wie in einem Käfig, bleibt sie endlich am Fenster stehen und schaut hinunter auf die Straße, eine öde Neubaustraße mit viel Beton und wenig Grün. Wie froh ist sie gewesen, als sie vor Jahren die Wohnungszuweisung erhielt, endlich eine Wohnung mit Bad und ohne bröckelnde Wände. Ihre frühere Wohnung in einem Altbauhaus war allmählich zu einem Alptraum geworden, der Hausbesitzer hatte kein Geld, um es in Ordnung zu halten, es verkam, wurde von der Dachwohnung bis zur untersten Etage abgewohnt. So nannte man das. Die Zimmer waren zwar größer gewesen als die Zimmer hier, trotzdem lebte es sich anfangs hier um vieles besser als inmitten des Verfalls. Seit einiger Zeit aber hat es den Anschein, als ob sich das ändern würde. Die Wände bröckeln zwar nicht, dafür zeigen sie tiefe Risse, über die man verschämt Bilder hängt, so sieht man sie nicht. Bescheidener Wohlstand, bezahlbarer Wohlstand – was wird daraus?

Auf Null gestellt – das ist eine befristete Zeit, danach Arbeitslosengeld oder Sozialhilfe, wenn sie keine neue Arbeit bekommt. Muß sie dann hier vielleicht raus, Miete und Nebenkosten von ihr nicht mehr zu bezahlen – wo wird sie enden? In der Hoffnungslosigkeit wie der alte Herr Hansen, der mit ansehen mußte, wie sein Haus, sein Eigentum, verfiel, verfallen mußte, denn von den niedrigen Mieten konnte er weder das Dach reparieren noch Putzschäden ausbessern lassen. Darüber hat er oft gesprochen, wenn sie ihn zuweilen besuchte: ein alter, kranker Mann in einem alten, kranken Haus. Er tat ihr leid, sie mochte seine stille, unaufdringliche Art. Bei ihm hat sie sich ausgeweint, als Franz sie verließ und, kurz vor dem Mauerbau, nach "drüben" ging. Ich halte es hier nicht mehr aus, hatte er zu ihr gesagt, komm mit, wir bauen uns dort ein neues Leben auf, hier ersticken wir über kurz oder lang. Aber sie hatte keinen Mut gehabt und war geblieben, und dann war er fort, und die Mauer war da, sie hörte nichts mehr von ihm, das qualvolle Warten auf Post zog sich über Monate hin, bis ihr eines Tages bewußt wurde, daß sie nicht mehr wartete. Da hatte sie ihn endgültig verloren, darüber war sie so verzweifelt, daß sie sich wieder einmal zu Herrn Hansen rettete und sich bei ihm ausweinte, über den Verlust des Freundes und über ihre Unfähigkeit, das Warten länger zu ertragen. Der alte Mann saß stumm in seinem Sessel; erst, als sie sich beruhigt hatte, gestand er, daß auch er das Warten verlernt habe, das Warten auf bessere Zeiten. Sie solle achtgeben, daß es ihr nicht so ergehe wie ihm, im Grunde sei es schade um jeden Tag, den man trüber Gedanken wegen vertue oder verliere, niemand und nichts brächte einem die nicht richtig gelebte Zeit zurück.

Während sie hier steht und auf die Straße schaut, fragt sie sich, wie eine richtig gelebte Zeit ausschauen mag und was sie selbst darunter eigentlich versteht.

Gib zu, sagt sie zu sich selbst, du hast es gern gehabt, wenn du von einer Tätigkeit in die andere gefallen bist, deshalb haben dir auch gelegentliche Überstunden nichts ausgemacht. Alte Jungfer ohne Familie, so haben die Kollegen hinter deinem Rücken geflüstert, wenn du wieder länger geblieben bist, die ist noch dankbar für zusätzliche Arbeit! Als man es dir zutrug, hast du nicht widersprochen, du hast nur gedacht, was wissen die schon von mir! Nach Franz habe ich keinen Mann mehr angesehen, die eine Enttäuschung hat mir gereicht. Die Eltern lange tot, keine richtigen Freunde, Bekannte wohl, aber an Freunden mangelt es. Daheim langweile ich mich nie, ich handarbeite gern, gehe auch mal ins Kino oder ins Konzert, danach schmeckt die Arbeit doppelt gut. Sie verstehen es nicht, auch nicht, daß mir das Alleinsein nichts mehr ausmacht, ich komme aber mit ihnen aus, das genügt.

Ich bin sogar mit meinem Chef ausgekommen, denkt sie, während sie die Straße hinunterschaut.

Ich habe seine Launen ertragen, seine Hektik, seine Nervosität und auch seine jähen Wutausbrüche. Ein tüchtiger Mann, vom Ehrgeiz getrieben, natürlich Parteigenosse, sonst hätte er nicht Betriebsleiter werden können, aber ohne Funktionen; als ich auf seine Frage, ob ich auch in die Partei eintreten würde, mit einem klaren Nein geantwortet habe, hat er es akzeptiert und mich damit in Ruhe gelassen. Nach der Wende ist er gleich aus der Partei ausgetreten, hat sich geschickt auf seinem Posten gehalten, trotzdem ist abzusehen, daß auch er wird gehen müssen, aus der Bahn geworfen wie wir alle, nur mit größeren Chancen, etwas Neues zu finden ...

Hat sie nun richtig gelebt? Sie weiß es nicht. Vielleicht wäre es besser gewesen, wenn sie damals mit Franz gegangen wäre. Zu feige, dafür muß sie nun bezahlen.

Nach dem Mittagessen liest sie die Zeitung, gründlicher als früher, da hat sie nur die Überschriften gelesen, das reichte aus. Jetzt ist gerade das Kleingedruckte wichtig. Und die Stellenangebote. Wieder nichts für sie dabei. 51 Jahre – ein vertracktes Alter. Für die Rente zu jung, für die Arbeit zu alt. Jeden Donnerstag geht sie zum Arbeitsamt, wartet mit vielen anderen auf dem Gang, bis sie an der Reihe ist, kennt die Angestellten mittlerweile fast alle, mag die Mitfühlenden unter ihnen – es tut gut, wenigstens einen Ton des Bedauerns in der Stimme wahrzunehmen, die wieder einmal sagte: Tut mir leid, wir haben nichts für Sie! Höchstens eine Ausbildung am Computer, ob Sie jedoch nach einem halben Jahr Arbeit bekommen, ist mehr als fraglich, die Firmen stellen lieber jüngere Kräfte ein, das müssen Sie einsehen ...

Sie sieht es keineswegs ein, und mit Computern

will sie nichts zu tun haben. Sie sind ihr unheimlich. Mit der elektrischen Schreibmaschine hat sie sich notgedrungen abgefunden. Es hat eine Weile gedauert, ehe sie mit ihr so sicher schrieb wie mit der alten Maschine, bei der man ordentlich auf die Tasten hauen mußte, wenn man ein deutliches Schriftbild haben wollte, nicht nur so leicht antippen wie bei der neuen. Das hat sie geschafft, aber Computer? Die Arbeit an und mit so einem Ding würde ihr keine Freude machen, vor einer freudlos getanen Arbeit aber graut ihr beinahe ebenso wie vor der nicht ausgenutzten und somit vergeudeten Zeit.

Nachmittag geht sie mindestens eine Stunde spazieren, das hat sie sich selbst verordnet. Sie muß in Bewegung bleiben, sie muß Menschen sehen, nicht nur die eigenen vier Wände. Sie geht durch das Neubaugebiet, Straßen rauf und Straßen runter, Schönheiten findet man hier nicht, nur ab und zu ein bekanntes Gesicht, man grüßt sich, wechselt ein paar Worte: Wie geht's, noch Arbeit? – Auf Null gestellt, wie fast alle ...

Dann wieder Schweigen, es ist alles gesagt. Und man geht weiter seine Wege und denkt: Eine verrückte Zeit! – Aber wann, wann hatten wir es eigentlich normal? Kann ein Leben hinter einer Mauer normal sein? Oder hatten wir uns schon so an das Unnormale gewöhnt, daß wir uns nun vom Normalen völlig überfordert fühlen? Ist die Zeit jetzt normal, nur wir sind es nicht mehr?

Sie geht jeden Tag den gleichen Weg, vermeidet die Fahrwege, da steht nachmittags Auto hinter Auto, ein Mensch hat zwischen dem Blech kaum noch Platz. Sie bevorzugt die Wege zwischen den Blocks, hier spielen die Kinder, sie muß höchstens einem Fahrrad ausweichen oder einem Roller. Träum nicht, Oma, ruft man ihr zu, wenn sie nicht achtgibt. Manchmal hört sie auch: Blöde Ziege, mach die Augen auf! – Schon recht, seufzt sie, kürzt den Weg aber nicht ab, geht auch noch um den letzten Block, verläuft die Zeit, so braucht sie sie nicht mehr mit in die Wohnung zu nehmen und ist sie auf anständige Weise los.

Abends dann sieht sie fern, sieht all den Unsinn, der da gesendet wird, selten einmal wird sie angerührt von fremden Schicksalen, stets bleibt das eigene Schicksal gegenwärtig. *Auf Null gestellt* – das schiebt sich immer wieder in ihr Bewußtsein, würzt Schlager und Krimis und alte Filme, schirmt sie ab, macht sie einsam. Obwohl das, was ihr widerfährt, auch vielen anderen widerfährt. Aber was hilft ihr das Wissen, daß auch Frau Rose ihre gewohnte Tätigkeit verloren hat und nicht mehr singt? Es bringt ihr die Arbeit nicht zurück.

Das Schlafengehen schiebt sie so weit wie möglich hinaus. Nur wenn sie sehr müde ist, besteht die Chance, daß sie einschlafen kann. Sonst droht wieder eine jener durchwachten Nächte, vor denen ihr graut, die Angst vor der Zukunft jagt ihr das Blut durch die Adern, sie wälzt sich von einer Seite auf die andere, was soll werden, was soll nur werden mit ihr, wie soll sie ihr Leben in den Griff bekommen, womit soll sie die Leere füllen, wie soll sie die Zeit überstehen? Die einzige Zeit, die ihr gegeben ist, eine andere gibt es nicht – nein, so hat sie sich die Zukunft nicht vorgestellt! Wohin sind Träume und Hoffnungen und Wünsche zerstoben?

In solchen Nächten findet sie erst gegen Morgen in einen kurzen, schweren Schlaf, aus dem sie zerschlagen erwacht. Kann sie hingegen schnell einschlafen, wacht sie ausgeruht, aber bedrückt und traurig auf, wartet unwillkürlich auf das Klingeln des Weckers, dabei weiß sie, daß er nicht klingeln wird – wozu auch, sie wird nicht mehr gebraucht! Abstellgleis, denkt sie, fährt denn für mich wirklich kein Zug mehr ab?

Solange wir uns haben ...

Sie hat keine Lust, aufzustehen. Sie fürchtet sich vor diesem Tag. Vor diesem Tag, der den Abschied im Gepäck hat, das Ende eines Lebensabschnittes, und dieses Ende hat sie innerlich noch längst nicht angenommen, dagegen revoltiert sie, stumm, sie weiß seit langem, daß Worte nur wenig vermögen, und in der Situation, in der sie sich befindet, schon gar nicht. Am besten also liegenbleiben, nichts sehen, nichts hören, nichts denken, die Dekke über den Kopf ziehen, die Augen schließen, sich auf diese Weise davonstehlen, dem Tag ausweichen, er hat nichts Gutes für sie bereit, daß weiß sie nur zu genau.

Julius neben ihr schläft tief und fest, sein gleichmäßiger Atem steigert noch ihre Nervosität. Natürlich gönnt sie ihm die Ruhe, er ist gestern erst spät heimgekommen. Staus auf der Autobahn, das übliche Chaos. Auf diese Weise vertrudelt seine wenige freie Zeit. Sonntag am Spätnachmittag muß er wieder fort, sein Betrieb arbeitet seit Wochen in Bayern, von Montag bis Freitag mittag ist er dort auf der Baustelle, und sie ist mit der Tochter Lisa allein. Lisa ist 15 Jahre alt, ein schwieriges Alter; früher sind sie gut miteinander ausgekommen, ein Herz und eine Seele sozusagen, daran ist heute nicht mehr zu denken. Entweder verschließt sich Lisa vor ihr, antwortet weder auf Fragen noch auf jegliche Art von Kritik, mag sie noch so vorsichtig geäußert werden, oder sie revoltiert lauthals, heult und schnieft und spielt "schlecht behandeltes Kind".

Bloß am Wochenende, wenn der Vater daheim ist, benimmt sie sich vernünftig. Kein Wunder, daß Julius ihre Klagen nicht versteht. Du mußt Geduld mit ihr haben, sagt er immer wieder, wir waren in diesem Alter auch nicht besser, bist du mit deiner Mutter stets einer Meinung gewesen? Das ist sie natürlich nicht, es gab zwischen ihnen auch schon mal Auseinandersetzungen, aber niemals so heftig wie zwischen Lisa und ihr. Die Schwierigkeiten zwischen ihnen häufen sich, Schwierigkeiten also, wohin sie blickt, am besten nichts denken, sich in sich selbst verkriechen und die Augen vor der Wirklichkeit fest zumachen.

Leider kann man sich so leicht nicht aus der Wirklichkeit davonstehlen.

Die Wirklichkeit ist: Das ist heute ihr letzter Arbeitstag!

Das große Kaufhaus am Markt, in dem sie viele Jahre als Verkäuferin gearbeitet hat, öffnet heute zum letzten Mal. Die Kaufhauskette, die das Haus nach der Wende von der Konsumgenossenschaft übernommen hat, ist der Meinung, daß sich ein weiterer Betrieb hier nicht lohnt, der erhoffte Umsatz hat sich nicht eingestellt, Verlustgeschäfte statt Gewinne, deshalb: Heute 14 Uhr wird geschlossen. Schon gestern haben sie alle ihre Kündigungsschreiben bekommen, dieser Sonnabend ist also ihr letzter Arbeitstag, und dann ...

Dann erst einmal Arbeitslosigkeit. Und die wird anhalten! Findet man mit 41 Jahren noch einen neuen Job? Und wo findet man ihn? Vielleicht in einem der großen Supermärkte außerhalb der Stadt, aber dort wird längst genügend Verkaufspersonal eingestellt worden sein, da wartet man nicht auf sie. Sie nimmt freilich auch andere Arbeit an, das ist nicht das Problem. Nicht einmal die fehlende Arbeit ist das Problem, Arbeit gibt es genug. Das Problem ist das fehlende Geld, womit Arbeit bezahlt werden kann – also wird sie möglicherweise mit 41 Jahren auf der Straße stehen?

Welch ein Wahnsinn! Ihre Mutter hat bis zu ihrem 63. Geburtstag gearbeitet, einfach, weil es ihr Spaß gemacht hat. Was soll ich daheim sitzen und Trübsal blasen, hat sie immer gesagt, laßt mich nur arbeiten, dann weiß ich doch, daß ich noch zu etwas nütze bin. Mutter würde die Zustände heute nicht begreifen, sie selbst begreift sie auch nicht.

Der Wecker klingelt zum zweiten Mal. Julius dreht sich knurrend auf die andere Seite. Sie beugt sich zu ihm, zieht ihm die Bettdecke zurecht, streichelt leicht über seine Schulter, und dann steht sie doch auf. Luise Bretten hat an keinem Arbeitstag unentschuldigt gefehlt, sie fehlt auch am letzten Arbeitstag nicht!

Sonnabend, da braucht Lisa nicht zur Schule. Also kann sie zum Bäcker gehen, sie müssen noch Weißbrot und Brötchen fürs Wochenende haben. Schnell einen Zettel geschrieben, Zettel und Geld neben Lisas Kaffeetasse gelegt, hoffentlich rafft sich die Tochter zu diesem Einkauf auf, seit neuestem weigert sie sich, im Haushalt etwas zu tun. Das ist deine Sache, sagt sie immer wieder, du machst schließlich auch nicht meine Schularbeiten! Wenn sie sie doch wenigstens selbst machen würde! Ihre schlechten Zensuren sind Beweis genug, daß Lisa für die Schule zu wenig tut, keine Lust, lieber herumgammeln mit der Clique – aber da sie selbst gern Brötchen ißt, besteht immerhin die Hoffnung, daß sie zum Bäcker gehen wird. Jetzt nichts wie fort, sie will nicht zu spät kommen, alles wie immer, und alles zum letzten Mal.

Luise Bretten ist eine mittelgroße Frau, nicht dick, nicht dünn, Konfektionsgröße 44, darin weiß sie Bescheid, sie hat zuletzt bei der Damengarderobe gearbeitet. Ihre dunkelblonden Haare trägt sie ziemlich kurz, sie kann es nicht leiden, wenn ihr Haarsträhnen ins Gesicht hängen. Lisa hingegen trägt ihre langen Haare offen, zuweilen versteckt sie ihr Gesicht regelrecht hinter einem Haarschleier. Auch das führt oft zum Streit zwischen ihnen. Kämm dich ordentlich, sagt sie, und Lisa darauf: Laß mich endlich in Ruhe, das ist meine Sache! Es geht dich nicht einmal etwas an, wenn ich sie blau färbe oder grün – ich kümmere mich auch nicht darum, wie du herumläufst, schön bist du nicht, hoffentlich weißt du das wenigstens!

Während Luise den heißen Kaffee trinkt, wirft sie einen Blick in die Zeitung. Schnäppchenjagd im Kaufhaus, da steht es schwarz auf weiß. Alle Waren stark verbilligt, das meiste ist freilich schon gestern verkauft worden, für heute sind nur spärliche Reste geblieben. Es wird ein langweiliger Tag werden und ein schmerzvoller dazu, na gut, sie wird nun gehen, hier ist alles soweit in Ordnung, das Mittagessen steht auf dem Herd, jeder Handgriff ist über Jahre hin eingespielt und eingeübt, aber wie es fortan weitergehen wird, ist völlig ungewiß.

Vor der Ungewißheit ist ihr bang. Pünktlich um 9 Uhr wird das Kaufhaus geöffnet. So war es immer, so ist es auch am letzten Tag. Sonst ist nichts so wie früher. Im Erdgeschoß gähnende Leere, selbst die Regale sind zum Teil schon abgebaut worden. Ein großer Kramtisch mit Kosmetika steht ziemlich verloren neben der Rolltreppe. In den oberen Etagen sieht es nicht viel besser aus, ein paar Kleider hängen noch da, Anoraks auch, daneben drei Wühltische mit Unterwäsche. Die Verkäuferinnen stehen hilflos herum, man wartet auf Kundschaft, man wartet, daß die Zeit vergeht, man wartet, daß man gehen darf – hier hat man nichts mehr verloren.

Luise Bretten lehnt an einem ausgeräumten Regal. Obwohl es warm ist, kann sie ein Frösteln nicht unterdrücken. Sie soll die Kasse bedienen, aber noch sind keine Käufer gekommen. Die Rose Franz steht neben ihr. Sie haben viele Jahre zusammen gearbeitet, haben auch die Wende miteinander erlebt, das war ein Ansturm damals, als die ersten Westwaren hier angeboten wurden! Vorbei. Dort drüben im Ramsch liegen noch ein paar Schirme, der Abteilungsleiter hat vorhin zu ihnen gesagt, sie könnten sich jede einen Schirm mitnehmen, sozusagen zum Andenken. Galgenhumor, dem Mann ist aber nicht zum Lachen zumute gewesen, ebenso wenig wie ihnen allen.

Auf den Schirm verzichte ich, sagt Rose jetzt. Ich habe mir gestern Wolle mitgenommen, habe nun genügend Zeit zum Stricken, wie soll ich sonst die Tage rumkriegen. Kannst meinen Schirm auch noch haben, wenn du willst. Für Lisa, weißt du.

Rose hat keine Kinder, dafür hat sie einen Mann, der gut verdient. Mehr als Julius. Finanzielle Sorgen braucht sich Rose nicht zu machen, sie selbst übrigens auch nicht. Wenigstens nicht, solange Julius noch Arbeit hat.

Jetzt deutet Rose zu einem der Fenster hin. Da drüben lehnt die Schäfer. Sie war früher Brigadeleiterin, hat sie ordentlich gescheucht damals, die Rote Olga haben sie sie genannt, heimlich, versteht sich. Wieso eigentlich Olga, das haben sie sich manchmal gefragt, aber niemand hat darauf eine Antwort gewußt. Die Schäfer heißt mit Vornamen Leonore, die wenigen, mit denen sie sich geduzt hat, mußten sie auch so nennen, sie legte großen Wert auf den vollständigen Namen, auf "Lore" hörte sie nicht. Nach der Wende ist sie ziemlich schnell die zweite Hand des Abteilungsleiters geworden, hat weiter bestimmt und angeordnet; die Helga Meister, eine junge Kollegin, hat ihr häufig widersprochen, auch auf Belegschaftsversammlungen – sie bekam daraufhin als eine der ersten die Kündigung. Luise ist der Schäfer möglichst aus dem Weg gegangen, und wenn sie wirklich einmal mit ihr zu tun hatte, hat sie sich zusammengenommen, der Roten Olga wegen hat sie ihre Arbeit nicht verlieren wollen.

Die muß nun auch weg, sagt Rose leise. Endlich mal Gerechtigkeit! Man könnte sich beinahe freuen, wenn man nicht auch die Dumme wäre!

Luise nickt.

Sie läßt keinen Blick von der Schäfer, schaut auch nicht weg, als die ihren Blick erwidert, ziemlich unsicher diesmal, sie wendet sich schnell ab, bleibt aber am Fenster stehen. Man müßte ihr endlich mal die Meinung sagen, denkt Luise, sie sollte wissen, was wir alle von ihr halten. Nämlich nichts! Gar nichts! Ob sie erfahren hat, daß es der Helga Meister damals sehr schlecht gegangen ist? Sie ist schließlich in die Altbundesländer gezogen, ihre Mutter lebt jetzt im Pflegeheim, allein kommt sie nicht mehr zurecht. Wenn Helga hätte bleiben können ...

Und dann die Sache mit Lisa! Ich habe das nicht

vergessen, höchstens verdrängt, aber ich erinnere mich genau: Ende 1989, mitten im politischen Durcheinander, ist Lisa über Nacht sehr krank geworden. Sie bekam plötzlich hohes Fieber, der Notarzt ließ sie noch in der Nacht ins Krankenhaus bringen, da war Lisa schon ohne Bewußtsein, Julius und ich sind mitgefahren, wir haben voller Angst auf dem Gang gesessen und alle Untersuchungen abgewartet, wahrscheinlich infektiöse Hirnhautentzündung, hieß es, abwarten, hieß es, abends wissen wir, ob das Schlimmste überstanden ist! Julius ist dann zur Arbeit gegangen, ich aber bin geblieben, mittags durfte ich mich an Lisas Bett setzen und ihre Hand halten, sie bekam viele Infusionen und Spritzen. Erst am Nachmittag kam sie zu sich. Als sie mich erkannte, lächelte sie ein wenig. Geschafft, sagte der Arzt erleichtert, die größte Gefahr ist vorbei, jetzt muß sie viel schlafen, und Sie sollten sich auch hinlegen, das war ein böser Tag für sie!

Damit hat er recht gehabt. Die Schäfer aber hat mich am anderen Tag vor allen Kolleginnen der Faulheit bezichtigt, ein krankes Kind, hat sie geschrien, das könne schließlich jeder sagen, ihr wäre sehr danach, mich für immer wegzuschicken, aber sie wolle noch einmal großzügig sein und beide Augen zudrücken. Beim nächsten Mal jedoch ...

Wir waren alle sehr wütend. Rose wollte sich beim Chef über die Schäfer beschweren, ich habe sie zurückgehalten, gegen die kommst du nicht an, habe ich gesagt. Nach dem Dienst bin ich gleich zum Krankenhaus, Lisa ging es viel besser, das war ein großer Trost. Dem Arzt erzählte ich, was sich die Schäfer mir gegenüber geleistet hatte, er ließ sich ihren Namen geben, er würde anrufen, sagte er, und die Sache klarstellen. Das muß er auch getan haben, denn die Schäfer wich mir die nächste Zeit aus; wenn wir uns zufällig trafen, schaute sie weg. Aber entschuldigt hat sie sich nicht, das brachte sie nicht fertig. Ob ich sie mir heute greife? Die letzte Chance, hoffentlich läuft sie mir nie wieder über den Weg.

Allmählich kommen doch noch ein paar Kunden, die letzten Waren wechseln den Besitzer. Luise hat an der Kasse zu tun. Selbst die Schirme werden verkauft, am Ende liegt nur noch ein knallroter Knirps auf dem Tisch. Da erinnert sich Luise an das Angebot des Abteilungsleiters, nimmt den Schirm, denkt, schön ist er nicht, aber ich kann ihn schon gebrauchen. Oder Lisa. Bloß wird die mit einem solchen Schirm niemals auf die Straße gehen, anspruchsvoll wie sie neuerdings ist ...

So vergeht der Vormittag, die Minuten kleben zäh aneinander; sie zerrinnen unter den Händen, wenn man zu tun hat, doch sie blähen sich auf zu kleinen Monstern, wenn man von lauter Langeweile umgeben ist.

Schließlich wird es doch 14 Uhr, die großen Eingangstüren werden geschlossen, die Einnahmen werden abgerechnet, Hände gewaschen und Haare gekämmt – und das war's dann!

Ich rufe dich an, sagt Rose, während sie ihre Sachen zusammenpackt, wir verabreden uns mal. Vielleicht finden wir auch wieder zusammen einen Job. Schön wär's, aber sehr unwahrscheinlich.

Luise nickt. Sie umarmen sich, sie haben eine gute Zeit miteinander gehabt. Vorbei.

Als sie zusammen zur Treppe gehen, bemerken sie die Schäfer, die aus dem Zimmer des Abteilungsleiters kommt, sehr blaß, mit verkniffenem

Mund. Rose drückt Luises Arm, schau nur, flüstert sie, Madame ist klein und häßlich geworden, sie schwimmt nicht mehr oben auf der Suppe, ihr geht allmählich die Puste aus. Herrlich!

Sie strafft ihren kleinen, schlanken Körper, wirft den Kopf zurück, sieht die Schäfer groß an, hakt sich bei Luise ein und geht grußlos an der anderen vorbei. Auch Luise geht an ihr vorbei, zögernd. Aber Rose zieht sie mit sich, fort, nur fort, jedes längere Verweilen hier macht die Traurigkeit nur größer.

Draußen hat es mittlerweile zu regnen begonnen, Gewitterregen, ein Donner grollt über den Häusern. Sie laufen zu den Straßenbahnhaltestellen auf dem Markt. Roses Bahn kommt zuerst, ein Händedruck, ein letzter Gruß, Rose wird von den Nachdrängenden regelrecht in die Bahn geschoben. Viele wollen noch mit, die Zurückbleibenden schimpfen lauthals, dieser tägliche Kampf ums Mitfahren geht allen auf die Nerven. Luises Bahn scheint lange nicht gekommen zu sein, nach den Wartenden zu schließen, die hier stehen. Luise sieht in viele bekannte Gesichter, man weiß ungefähr, wo der Einzelne ein- und aussteigt, die Namen kennt man nicht, Namen sind unwichtig, gleiches Erleben verbindet. Wie jetzt das Warten. Leider fängt es noch heftiger an zu regnen, eine Unterstellmöglichkeit gibt es nicht, auch das ein Grund zum Schimpfen. Aber sie hat ja noch den roten Schirm, der kann jetzt seine Nützlichkeit beweisen.

In dem Augenblick, als sie den Schirm aus der Tasche zieht, bemerkt sie die Schäfer, die in ihrer Nähe steht, regennaß, sie hat nicht einmal eine Jacke an, von einem Schirm keine Spur. Geschieht dir recht, denkt Luise schadenfroh, aller Glanz dahin, siehst aus wie ein vermickertes Huhn, würde mich nicht wundern, wenn du plötzlich zu gackern anfangen würdest, das Meckern hast du jedenfalls prächtig beherrscht, das Gackern mußt du noch üben. Sie lacht vor sich hin, und während sie den Schirm öffnet, nimmt sie sich vor, die Gelegenheit zu ergreifen und der Schäfer endlich die Meinung zu sagen, so richtig kräftig und deftig, wie sie es verdient. Sie hält den Schirm über sich, macht einen Schritt auf die Schäfer zu, einen zweiten und noch einen dritten, dabei spürt sie voller Staunen, wie eine Veränderung mit ihr vor sich geht, eine Veränderung, die sie sich nicht erklären kann. Eben noch voller Schadenfreude und aufgesparter Wut, empfindet sie plötzlich so etwas wie Mitleid mit dieser Frau. Kommen Sie unter den Schirm, sagt sie, Sie sind ja schon pudelnaß!

Kaum, daß sie die eigenen Worte hört, hält sie die Luft an. Und die Schäfer – oder die Rote Olga – hält ebenfalls die Luft an. Sie sieht ganz erschrocken aus, stammelt: Aber dann werden Sie auch naß! Worauf Luise antwortet: Der Schirm reicht für uns beide.

Nein, das ist nicht sie, die da redet. Das ist eine völlig andere Person. Eine Frau, die sie nicht kennt, eine Frau, die seltsame Gedanken denkt, eine Frau, vor der sie beinahe ein wenig erschrickt. Was hat sie der Schäfer nicht alles an den Kopf werfen wollen – und nun plötzlich diese Freundlichkeit?

Gerade als der Regen nachzulassen beginnt, kommt die Straßenbahn. Die Wartenden schieben sich unwillkürlich näher an die Schienen heran, auch Luise und die Schäfer. Als Luise den Schirm zusammenklappt, sagt die Schäfer: Danke! Besuchen Sie mich mal? Ich würde mich freuen.

Statt einer Antwort schüttelt Luise den Schirm aus, sie hält ihn so in der Hand, daß die Nässe ablaufen kann. Die Bahn hält, das Gedränge beginnt. Die Schäfer ist zuerst im Wagen, geht vor bis zur Wagenmitte. Luise bleibt gleich an der Tür stehen. Mit großer Verwunderung denkt sie an die verflossenen Minuten, komisch das alles, sie versteht es nicht. Noch vier Haltestellen, dann kann sie aussteigen und ist in fünf Minuten zu Haus. Die Schäfer wohnt am Stadtrand, sie kennt ihre Adresse, hat einmal einen Brief vom Abteilungsleiter dort abgeben müssen, als die Schäfer krank war. Brunnenstraße 13. Und dort soll sie die Schäfer besuchen?

Angestrengt schaut sie nach draußen, bloß keinen Blickkontakt mehr mit den anderen, bloß heim, die Tasche auf den Garderobenschrank gestellt, die Jacke aufgehängt, einen Kaffee getrunken und dann diesen Tag abhaken ...

Der Kaffee ist bereits gebrüht. Und der Kaffeetisch ist gedeckt. Kaum, daß sie die Wohnungstür aufgeschlossen hat, steht Julius neben ihr, hilft ihr aus der Jacke, legt den nassen Schirm beiseite und nimmt sie in die Arme. Nicht traurig sein, flüstert er, es wird schon wieder besser werden, jetzt ruh dich aus, das hast du dir verdient.

Sie legt ihren Kopf an seine Schulter. Plötzlich spürt sie die große Müdigkeit, die sie schon seit Tagen mit sich herumschleppt, die sie sich aber nicht hat eingestehen wollen. Es war scheußlich, flüstert sie, wie eine große, stumme Beerdigung.

Julius gibt ihr einen Kuß. Komm, der Kaffee wartet. Auch nach einer Beerdigung muß man sich stärken.

Sie will fragen, wo Lisa ist, da schiebt sich die Tochter schon aus ihrer Zimmertür. Hallo, sagt sie, kann ich nachher weggehen? Wir wollen ins Kino, meine Clique und ich. Papa hat es schon erlaubt. Du hast doch nichts dagegen?

Doch, möchte Luise antworten. Ich habe viel dagegen. Gerade heute möchte ich dich hier haben, verstehst du das nicht?

Aber dann sieht sie Lisas Gesicht, den trotzigen Ausdruck ihrer Augen, den fest verschlossenen Mund, diesen gewissen Hochmut, den sie so schwer ertragen kann. Sie weiß zwar, daß dieser Hochmut eine Maske ist, hinter der eine große Verletzlichkeit versteckt wird, theoretisch weiß sie das, und sie weiß auch, daß sie sich nicht provozieren lassen darf; was nützt aber dieses Wissen, wenn der Ärger wieder wie eine Woge über ihr zusammenschlägt und sie einfach lospoltert?

Heute jedoch kann sie sich beherrschen. Sie sagt nur: Stell bitte den Schirm zum Trocknen in die Küche.

Sie reicht Lisa den Schirm hin. Lisa grinst, was hast du denn da für ein edles Stück an Land gezogen, spottet sie, superbillig, was? Und superhäßlich! Gib schon her, ein toller Einkauf, das muß ich sagen. Feiner Geschmack, gratuliere!

Doch in dem Augenblick, als sie den Schirm in der Hand hält, entspannt sich ihr Gesicht, die aufgesetzte Arroganz ist wie weggeblasen, plötzlich wird das kleine, zärtliche Mädchen sichtbar, das sie früher gewesen ist. Sie lächelt ein bißchen und sagt, während sie sich zur Küchentür wendet: Laß dir die Brötchen schmecken. Alles besorgt, wie gewünscht. Hab noch ein paar Pfannkuchen gekauft, denke, die kannst du jetzt gebrauchen.

Nichts weiter, nur das. Und dann geht sie in die Küche, und Luise bleibt fast die Luft weg vor Staunen. Woher diese Veränderung? Ähnlich der, die mit ihr selbst geschehen ist, vorhin auf dem Markt. Nicht zu begreifen. Oder bildet sie sich das alles nur ein?

Julius schiebt sie ins Wohnzimmer, gießt ihr den Kaffee ein, schneidet ein Brötchen auf und beschmiert es mit Butter und Honig. Iß, sagt er, das wird dir guttun. Bist ganz blaß um die Nase.

Aufatmend setzt sie sich, trinkt den Kaffee mit kleinen Schlucken, spürt die große Müdigkeit, die nicht schmerzt, sondern beinahe wohltut, schaut Julius an und denkt dankbar: Alles halb so schlimm – solange wir uns haben!

Brief an eine alte Freundin

Das ist heute ein Herbsttag, wie ich mag: nebelverhangen, mit mattem, gebrochenem Licht, feuchtkühl, ein Tag, der mich abschirmt von der Welt draußen und mich auf mich selbst verweist. Ich kann ihn ertragen, ja sogar genießen, weil ich mit mir in Harmonie und Frieden lebe, trotz aller Probleme und Ungerechtigkeiten und Fragen und Leiden ringsum. Ich weiß von ihnen, ich trage sie mit, aber dieser Tag wirft seine leichten Schleier über die harten Konturen, so geben sich die Stunden sanft und verträglich.

Verträglich, das kommt von vertragen. Und damit, liebe Freundin, habe ich den Grund meines Briefes genannt. Nicht, daß wir uns gestritten hätten, aber seit der Wende hat sich viel Nichtverstehen zwischen uns ausgebreitet, und das Ergebnis dieses Nichtverstehens ist Schweigen. Ein Schweigen, das weh tut und das schlimmer ist als eine handfeste Auseinandersetzung.

Ich will also diesen stillen, sanften Tag nutzen, um zu versuchen, das Schweigen zwischen uns zu brechen. Komm, setz dich zu mir an den runden Tisch, unser Kater Timo wird dich nicht stören. Du hast selbst einmal einen Kater gehabt – zu einer Zeit, als ich von Katzen noch nichts wissen wollte. Vor Jahren ist dein Kater überfahren worden, da warst du sehr traurig, und weil du Angst hattest, daß sich dieser Schmerz wiederholen könnte, hast du keine neue Katze mehr zu dir genommen. Ich fürchte diesen Schmerz auch, habe ihn schon oft durchleben müssen, dennoch braucht mich bloß eine arme, heimatlose Katze fordernd anzusehen, schon stelle ich ihr einen Napf mit Futter vor die Nase, wohl wissend, daß damit eine Beziehung beginnt, die ich von mir aus nicht abbrechen kann. So wenig, wie ich die Beziehung zu dir abbrechen kann. Ich kann mich in Schweigen verlieren, aber ich kann meinen Gedanken nicht verbieten, dich in mein Bewußtsein zu rücken. Und sogleich, wenn ich deinen Namen denke, frage ich mich, ob du immer noch der Meinung bist, daß wir hier in der früheren DDR – oder in den neuen Bundesländern, das klingt freundlicher – nur und ausschließlich Grund zur Dankbarkeit euch gegenüber hätten und daß jeder Seufzer, jede Klage und jede Kritik fehl am Platze wäre.

Würdest du jetzt in Wirklichkeit an meinem Tisch sitzen, könnte ich jedem von uns ein Glas Rotwein eingießen, mit dir anstoßen, einen kräftigen Schluck trinken und sagen: Erinnerst du dich noch an unsere Schulzeit? Da hatten wir uns zeitweise viel zu sagen, dann wieder wochenlang gar nichts, aber wir ließen einander gelten, so wie wir waren, und das war wohl der Grund, daß wir uns nach dem Krieg, als du an den Rhein zogst, um dort zu heiraten, nicht völlig aus den Augen verloren, sondern in Briefkontakt blieben. Drei bis vier Briefe pro Jahr, das genügte, um Wesentliches voneinander zu wissen: die Geburten der Kinder, berufliche Erfolge und Mißerfolge, Krankheiten, Reisen – da konntest du wesentlich mehr berichten als ich –, das Einrichten in die jeweiligen Gegebenheiten. Dein Mann war Regierungsbeamter, mein Mann Pastor – wir waren uns beide einig in der Ablehnung der Mauer und der Grenze, die Deutschland teilte, wir waren uns beide einig in der Ablehnung der staatlichen Diktatur bei uns, wir waren uns beide einig in unseren Wünschen nach einem dauerhaften Frieden und nach mehr Gerechtigkeit in der Welt. Aber schon damals gab es Trennendes in unseren Ansichten, nur wurde das verdrängt. Daß wir geblieben waren: du konntest es nicht verstehen! Daß wir versuchten, zum Wohl unserer Gemeinden mit staatlichen Stellen auszukommen: du konntest es nicht verstehen. Daß wir trotz aller Schwierigkeiten einigermaßen zufrieden schienen, erfüllte dich mit Staunen. Und daß wir, neben aller Bewunderung, der Bundesrepublik auch skeptisch gegenüberstanden, machte dich ärgerlich. Aber das wurde nicht ausgesprochen, es wurde beiseite geschoben, wichtig war uns auf jeden Fall unser Zusammenhalten, allen widrigen Umständen zum Trotz.

Ich bedaure es sehr, daß du nicht an meinem Tisch sitzt und ich nicht mit dir sprechen kann. Gesprochene Worte wiegen nicht so schwer wie geschriebene, man kann sie leichter zurücknehmen und durch andere ersetzen, und man kann mit einem Lächeln jede Schärfe ausstreichen. Ich werde achtgeben, daß meine geschriebenen Worte dich nicht kränken. Ich will ja nur, daß du verstehst, warum sich meine Dankbarkeit in Grenzen hält und warum ich nicht bereit bin, diese 40 Jahre in Bausch und Bogen zu verurteilen und auszustreichen.

Wie hast du in einem deiner ersten Briefe nach der Wende geschrieben: Nun kannst du endlich richtig zu leben beginnen, vergiß, was gewesen ist, und fang von vorn an.

Da habe ich gestutzt. Da habe ich gespürt, wie sich Widerstand in mir regte. So doch nicht, habe ich gedacht, ich kann nicht mein gelebtes Leben auf den Müll werfen. Ich habe nur dieses eine Leben. Ich bin dankbar, daß der Schatten jener bösen Mauer nicht mehr darauffällt, ich bin dankbar für manche Erleichterung, aber ich kann das Neue nur beginnen, wenn ich das Vergangene mitnehme.

Das Vergangene ... Zugegeben, der Alltag ist schwierig gewesen, mit unangenehmen Einschränkungen, mit lästigem Anstehen, mit Organisieren und Improvisieren; der Alltag ist zuweilen auch gefährlich gewesen, wenn man zu sehr aufmuckte, wenn man zu laut Mißfallen und Mißvergnügen äußerte; der Alltag konnte sogar tödlich sein, wenn man ihm illegal zu entrinnen versuchte. Dazwischen aber gab es menschliche Nähe, oftmals ein wortloses Verstehen, eine kleine materielle Sicherheit. Es gab Arbeit, Wohnung, Verdienst. Und es gab diese wunderbaren Träume über die Grenze hinweg: Dort war das Land, in dem Milch und Honig flossen, in dem alles sauber und gepflegt war, übervolle Geschäfte, satte, zufriedene Menschen, sichtbarer Reichtum, ja, wenn man dort leben könnte – ach, müßte das schön sein! Die Obdachlosen sahen wir nicht. Die im Schatten lebten, blieben uns verborgen. Und wir bemerkten auch nicht die ebenso versteckte wie bittere Armut. Jeden Abend holten wir uns unser Traumland in die Wohnstuben, und wir beneideten jeden, der einen Paß bekam und dieses Traumland besuchen durfte.

Gib zu, du hast es genossen, als ich dich nach vielen Jahren zum ersten Mal wieder besuchen konnte und meine neidvolle Bewunderung laut äußerte. Meine Bewunderung tat dir gut, dir war plötzlich zumute, als hättest du diesen Reichtum ringsum allein aus eigener Kraft geschaffen, ohne die Hilfe eines Marshallplans und ohne die Hilfe des Weltkapitals. Du führtest mich herum wie eine Königin einen ausländischen Gast, und ich benahm mich angemessen und lobte und pries, was ich sah, und dachte immer wieder: Warum gerade dieser Teil Deutschlands und nicht der Teil, in dem ich lebe? Haben wir größeres Unrecht begangen, müssen wir härter bestraft werden, müssen wir spürbarer büßen? Deine Frage freilich, ob ich bleiben wollte, verneinte ich heftig, und als auf der Heimfahrt die häßliche Grenzkontrolle hinter mir lag und der D-Zug im Bummelzugtempo über die kaputten Gleise fuhr, lehnte ich mich aufatmend zurück und war wieder zu Hause. Und war froh, wieder zu Hause zu sein, zu Hause in diesem armen, korrupten Land, das ich zugleich haßte und liebte – wie sollte ich mich in meinen eigenen Gefühlen zurechtfinden?

Diese Frage stelle ich mir jeden Tag, es fällt mir schwer, eine Antwort darauf zu finden. Ich bin froh und traurig gleichermaßen, und ich bin zornig, wenn ich sehe, wie die alten Seilschaften sicheren Boden unter den Füßen spüren, während die einfachen Leute wieder einmal draufzahlen müssen.

Du hast noch einen Satz geschrieben, den ich nicht unwidersprochen lassen kann! Du hast geschrieben: Ihr müßt nur richtig arbeiten, dann schafft ihr es schon!

Haben wir in diesen 40 Jahren nicht gearbeitet? Haben wir nicht versucht, trotz desolater Maschinen und fehlender Ersatzteile anständige Waren zu produzieren? Zugegeben, oft fehlte das nötige Material, und dann mußte notgedrungen gebummelt werden. Aber wieviel Erfindungsgeist war nötig, um die heruntergekommene Industrie am Leben zu erhalten und die Landwirtschaft gleichermaßen?

Bitte, liebe Freundin, nicht solche Pauschalurteile. Viele von uns haben unrentabel gearbeitet, das ist wahr. Aber glaube mir, daß uns die Erkenntnis der Vergeblichkeit unserer Mühen heftig schmerzt. Und wir wollen nur zu gern beweisen, daß auch wir tüchtig, geschickt, gewissenhaft und fleißig sind – aber wie können wir das beweisen, wenn die dazu notwendigen Arbeitsplätze fehlen?

Diese heimliche Not überall! Aus Scham wird sie versteckt, der Verlust des Arbeitsplatzes wird oft als persönliche Schuld empfunden, als bitteres Versagen. Und weil man darüber nicht spricht, weil man sich nicht äußert, wächst sich der innere Kummer zu einer Last aus, an der viele zerbrechen. Die hohe Selbstmordrate spricht Bände! Dabei ist das nur die Spitze des Eisberges, das, was bemerkt wird; die heimlichen Depressionen werden häufig nicht bemerkt. Und sie wiegen doch so schwer.

Ich will dir von einer Familie aus unserer Gemeinde erzählen, deren Schicksal sozusagen ein

Allerweltsschicksal ist: Der Mann, Ende Vierzig, Chemiefacharbeiter in Buna, ist seit knapp einem Jahr arbeitslos, trotz ernsthafter Bemühungen seinerseits ist es ihm bisher nicht gelungen, eine neue Arbeit zu bekommen. Die Frau, 43 Jahre alt, war früher Textilfacharbeiterin. Auch sie ist arbeitslos, keine Aussicht auf eine neue Arbeit, zu alt, wie ihr immer versichert wird. Wen wundert es, daß die Aggressionen wachsen, daß man sich gegenseitig auf die Nerven geht, daß man Zorn, Enttäuschung und Wut am anderen ausläßt, weil man sie an der Gesellschaft nicht auslassen kann? Und der 14jährige Sohn erlebt das alles hautnah mit, ist diesen Spannungen hilflos ausgeliefert, kann sich nicht wehren, will sich gegen diese scheinbare Ausweglosigkeit auflehnen und geht also mit Gleichaltrigen auf die Straße und sucht nach Schwächeren, an denen er seinen Frust auslassen kann.

Verlorene Generationen? Ein verlorenes Volk, ein verlorenes Land?

Nein, das nicht. Aber geschundene Generationen und ein geschundenes Land, und mit Ratschlägen wie: Ihr müßt nur richtig arbeiten lernen, dann schafft ihr es – wird keinem geholfen!

Dieser Freudentaumel damals, als die Grenze fiel! Dieser unbeschreibliche Jubel in uns und um uns her! Nun wird alles besser, dachten wir, nun wird alles gut, wieder ein Land und ein Volk, immerhin kommen wir nicht mit leeren Händen! Wir bringen die Erfahrungen dieser 40 Jahre mit, schlechte und gute, auf diese Erfahrungen wollen wir nicht verzichten, sie können uns allen für die gemeinsame Zukunft nützlich sein. *Ein Volk*, und das heißt doch, so dachten wir, daß aus DDR und Bundesrepublik *ein Deutschland* werden müsse – ein Land, in dem wir uns alle wohl fühlen und das wir alle gleichberechtigt schaffen können. Aber das war ein Irrtum! Die Bundesrepublik erweiterte sich um fünf neue Länder, und die Bevölkerung dieser Länder hatte und hat Strukturen und Denkweisen zu übernehmen und auf Eigenes zu verzichten. Erst ganz allmählich scheint man auf eurer Seite zu begreifen, daß diese Vereinigung mehr sein muß als ein Anschluß, wenn sie gelingen soll. Zwei Jahre sind schon verstrichen, zwei Jahre zuviel, es wird höchste Zeit, daß wir endlich nüchtern und sachlich aufeinander zugehen und gemeinsam die Zukunft gestalten. Wir hier müssen Abschied nehmen von überzogenen Hoffnungen und Ansprüchen, ihr müßt begreifen, daß auch bei euch nichts so bleiben kann, wie es gewesen ist. Laßt endlich ab von eurer überzogenen Selbstzufriedenheit, fangt wie wir neu an, ohne das Vergangene abzuschreiben oder zu vergessen, fangt gemeinsam mit uns an – vielleicht gelingt uns dieses große Vorhaben doch: aus zwei Ländern wieder *ein Land* zu machen, ein Land, in dem alle Menschen ihr Auskommen und ihre Lebensmöglichkeit finden, nicht nur ein gewisser Teil, und die anderen bleiben im Dunkeln.

Liebe Freundin, immer wenn ich in den vergangenen 40 Jahren spazierengehe, bist du gegenwärtig. Unvergessen zum Beispiel deine kleinen lieben Päckchen zu Weihnachten und mein krampfhaftes Überlegen Wochen vor dem Fest, womit ich dir eine Freude machen könnte. Da war ich auf eigene Geschicklichkeit angewiesen, seltsamerweise brachte gerade das jenen Hauch von Vorfreude in unser altes Haus, auf die ich nie verzichten wollte. Jetzt hat der Markt sein Regiment übernommen, du brauchst keinen Kaffee mehr zu schicken, und ich stehe ratlos vor der Ernte meiner kreativen Stunden und versenke sie verschämt in der großen Truhe, die kleinen Dinge sind nicht so schön wie die billigen Angebote aus Fernost, damit kann ich nicht konkurrieren, also lasse ich das Schenken überhaupt. Dabei ist das Schenken doch nur ein sichtbares Zeichen des Gedenkens, der Zuwendung, der freundlichen Zuneigung. Verzichten wir in Zukunft auch darauf, wie auf so vieles andere?

Während der letzten Konfirmandenstunden haben wir die Kinder gefragt, was sie spontan empfänden, wenn sie an die Zukunft denken würden. Es gab ratlose Gesichter, hilfloses Achselzucken, verlegenes Schweigen. Erst nach einer Weile, als das Schweigen schon peinlich zu werden begann, sagte ein Mädchen: Angst.

Wir griffen dieses Wort auf und fragten weiter: Angst wovor?

Da wurden auch die anderen lebendig. Angst, keine Lehrstelle zu bekommen, Angst, später ohne Arbeit zu sein, Angst, keine Wohnung zu bekommen, Angst, mit all den neuen Anforderungen nicht fertig zu werden.

Ich könnte noch hinzufügen: Diese Angst treibt die meisten Menschen hier um. Und es kommen weitere Ängste hinzu: Angst vor Mieterhöhungen, vor höheren Gesundheitskosten und immer wieder vor der Arbeitslosigkeit.

Der Nebel hat sich verstärkt, er hüllt unser altes Haus immer dichter in seinen Schleier. Die Katzen liegen auf ihren Lieblingsplätzen und schlafen. Ein friedlicher Tag. In Gedanken streichle ich dein Gesicht und schicke mit diesem Brief meine guten Wünsche zu dir. Und ich denke an unseren Mathematiklehrer, der in der letzten Stunde vor dem Abitur zu uns sagte, daß nichts so wichtig sei im Leben, als die eigene Würde zu bewahren. Wir fanden seine Worte damals überzogen. Heute weiß ich, daß er recht hatte.

Unsere Würde ... Wir haben uns friedlich zur Wehr gesetzt gegen Staat, Partei und Staatssicherheit, die Gunst der weltpolitischen Lage ist uns zu Hilfe gekommen, aber ohne unseren Protest wäre diese Stunde ungenutzt verstrichen. Das wollen wir nicht vergessen. Die Gedanken daran werden uns hoffentlich die Kraft geben, unsere Würde auch in dieser Zeit des Umbruchs und Übergangs zu bewahren. Ihr könnt uns dabei helfen, indem ihr uns mit Geduld und Freundlichkeit begegnet und uns auf unserem Weg zu euch verständnisvoll entgegenkommt.

Löwenmäulchen

Wollen Sie eine Geschichte hören? Eine kleine Geschichte zum Nachdenken?

Dann kommen Sie mit in unser Dorf, ein schlichtes Dorf mit Siedlungshäusern, mit Ställen, die jetzt leider leer stehen, mit einer Kirche, einem alten Pfarrhaus und einem Taubenturm – und mit Menschen, mehr älteren als jüngeren Menschen; jeder von ihnen hat ein eigenes, nur ihm gehörendes Schicksal. Zugegeben, manche Schicksale ähneln sich, andere fallen aus dem Rahmen, wie auch manches Gesicht aus dem Rahmen fällt, man sieht es und kann es so bald nicht vergessen, weil man mehr von ihm wissen möchte. Allein der Zufall kann es mit sich bringen, daß die Neugier gestillt wird und echte Anteilnahme entsteht.

Die junge Frau, von der diese Geschichte erzählt, gehört zu den Verletzlichen, Stillen, die man eben nur durch Zufall bemerkt. Schon als Mädchen tat sie sich mit dem Leben schwer. Die Mutter, eine herbe Frau, versorgte den Mann und die zwei Töchter freudlos, der Mann kam jeden Abend erschöpft von der Arbeit, für die Mädchen blieb wenig Zeit. Die Jüngste trug es gelassen, die Ältere trug die Sehnsucht in sich wie eine Last, nur die Großmutter nahm sie hin und wieder in den Arm, das war wie eine Ahnung des Möglichen, für sie Nichterreichbaren.

Nun, als junge Frau, gesellte sich zu der Sehnsucht die Bitterkeit und die Enttäuschung, auch die Angst, mit dem Leben nicht zurechtzukommen. Eine freudlose Kindheit, eine freudlose Jugend – dem freudlosen Erwachsensein schien sie nicht entrinnen zu können, mochte sie sich auch noch so anstrengen. Alles war vorgezeichnet – so meinte sie –, die Vergangenheit belastete die Gegenwart, und die Zukunft hüllte sich in dichte Nebel, es war nichts Gutes von ihr zu erwarten.

Ich lernte sie zufällig auf einem Spaziergang kennen. Sie müssen wissen, daß ich früher sehr gern gewandert bin – das gleichmäßige Gehen an frischer Luft hat mir immer gut getan, ich konnte dabei meine Gedanken ordnen, besser als daheim; jetzt läßt der Zustand meiner Knochen nur noch Spaziergänge zu, so gegen Abend, wenn die Sonne sich dem Horizont zuneigt und die kommende Dunkelheit zu erahnen ist.

Ich ging den Weg durch den Grund, den ich liebe, Bäume und Büsche und drunten ein kleiner Bach, zuweilen verborgen unter Gerümpel, das die Leute hierher werfen, um es los zu sein. Und Vögel und Insekten und anderes Getier im hohen Gras, Leben ringsum, das mich grüßt auf geheimnisvolle Weise – da saß sie ganz verloren auf einem Baumstamm dicht am Wege und sah durch mich hindurch und sah mich also nicht. Ich aber sah sie und erschrak vor ihrer Verlassenheit. Irgend etwas hinderte mich am Weitergehen, also fragte ich, ob ich mich neben sie setzen dürfte, mir täten wieder einmal meine Knochen weh.

Sie schrak auf, bemerkte mich endlich, rückte wortlos zur Seite, so war Platz für uns beide auf dem Stamm.

Wir saßen eine Weile stumm nebeneinander; ein Igel kreuzte den Weg, eine Elster flatterte oben in den Ästen, in denen der Wind spielte. Ich sagte: Schön! Darauf sie, sehr leise: Hier kann man atmen!

Ich hätte gern gefragt, wer sie sei und woher sie komme, sie war mir bisher in unserem Dorf noch nicht aufgefallen. Aber ich schwieg. Vielleicht haben Sie auch schon einmal einen solchen Augenblick erlebt, voll heimlicher Spannung, die auf Entladung drängt, aber vor dieser Entladung ist einem bange, und so wartet man und verhält sich still, und der Augenblick geht vorüber, und mit ihm das Einmalige, das ihn geprägt hat, man kehrt in den Alltag zurück und kann Alltägliches sagen, zum Beispiel: Wohnen Sie schon lange hier?

Sie hob die Schultern. Sie hatte ein feines, ausdrucksvolles Gesicht und dunkle Augen. Sie schien sehr schlank zu sein, fast dünn, ihre schmalen Hände spielten mit den Blüten des wilden Kerbels, der um den Stamm wucherte. Sie atmete noch einmal tief und fing an zu reden, langsam, es hatte aber den Anschein, als ob ihr das Reden guttun würde. Sie hätte seit kurzem eine Wohnung hier, sagte sie, und Arbeit in der Stadt, aber in der Stadt wolle sie nicht mehr leben, Menschen über Menschen,

Gedränge, Lärm – hier sei Stille, und sie brauche Stille, sie müsse viel nachdenken, über sich und über das Leben, das sie lebe, auch, wie man ohne große Schmerzen dieses Leben verlassen könne.

Das sagte sie ganz gelassen, ganz sachlich, dabei lächelte sie eine Winzigkeit. Dieses Lächeln war voller Trauer und voll versteckter Tränen.

Geht es Ihnen nicht gut? fragte ich. Sind Sie krank?

Sie antwortete, ohne lange zu überlegen: Krank nicht, aber lebensuntüchtig!

Wissen Sie, das sagte sie so, wie unsereiner vielleicht sagt: Das Wetter macht mir heute zu schaffen! Beinahe unbeteiligt, als spreche sie über eine dritte Person. Sie schwieg eine Weile, wandte sich mir plötzlich zu, sah mich groß an und fragte: Wollen Sie wissen?

Ich nickte betroffen. Da setzte sie sich wieder gerade auf und berichtete mir, was ich Ihnen schon angedeutet habe: Zur Klage kam die Anklage, Anklage gegen die Eltern und auch gegen sich selbst, denn wenn sie sich auch noch so anstrengen würde im Beruf, könne sie nichts Besonderes erreichen, immer würde sie im Mittelmäßigen verbleiben, weil sie aus dem Mittelmaß komme, das habe sie gerade kürzlich wieder empfunden, eine Liebesgeschichte, auch hier nur Mittelmaß, nichts anderes als Mittelmaß, und deshalb eben – und ob ich das wirklich nicht verstünde?

Ich antwortete spontan, daß ich es nicht verstünde. Und dann wollte ich wissen, was denn ihrer Meinung nach das Besondere sei? Das Außergewöhnliche vielleicht, das Sensationelle, das Ausdemrahmenfallende?

Sie schwieg.

Inzwischen stieg die Dämmerung vom Grund herauf, mir wurde kühl. Also stand ich auf, reckte mich – Sie müssen wissen, daß es immer eine Weile dauert, ehe meine Knochen nach längerem Sitzen wieder beweglich werden –, schaute auf sie nieder, hatte plötzlich den Wunsch, ihr über das Haar zu streichen oder ihr die Hand auf die Schulter zu legen, unterließ es aber klugerweise. Sagte statt dessen: Ich kenne da einen Weg zur Höhe hin und von dort zum Dorf, kommen Sie mit, man hat von da oben einen schönen Blick über die Felder.

Sie zögerte kurz, aber dann erhob sie sich. Ich ging voraus, der Weg war schmal, teilweise zugewachsen, die niedrigen Büsche erschwerten zuweilen das Weiterkommen. Wir kamen aber doch voran, einer hinter dem anderen, sie hielt sich dicht hinter mir. Schließlich hatten wir die Höhe erreicht und traten ins Freie, schauten mitten ins Abendrot und über eine rötlich gefärbte Ebene, die Häuser des nahen Dorfes grüßten zu uns herüber – ein friedlicher Anblick voller Harmonie und Ruhe ... Schauen Sie, sagte ich, ein paar Felder, ein paar Wiesen, Wege, der Grund hier mit seinen Bäumen, dort die Häuser – nichts Besonderes, nichts Außergewöhnliches, Mittelmaß also, und doch schön, nicht wahr?

Sie schaute. Ich störte sie nicht. Ich beobachtete sie heimlich, auf unerklärbare Weise zog sie mich an, ich hätte ihr gern ein Lachen geschenkt, aber wie sollte ich das anstellen?

Wir standen ein paar Minuten, ich spürte wieder meine Knochen, es wurde Zeit, daß ich nach Hause kam.

Wahrscheinlich bemerkte sie meine Ungeduld. Plötzlich drehte sie sich zu mir und bedankte sich, den Weg werde sie von nun an häufig gehen, ohne mich hätte sie ihn sicherlich nicht entdeckt. Und es sei schön hier, da hätte ich recht, auf bescheidene Weise schön.

Diese Bemerkung gefiel mir. Sie wissen ja, wie das mit Worten ist: Manche gefallen uns, andere stoßen uns ab und einige jagen uns sogar einen Schauer über den Rücken.

Auf bescheidene Weise schön! Damit hatte sie recht, dem konnte ich nur zustimmen. Zugleich wies mich dieser Begriff erneut auf das Wort Mittelmaß hin, das am Beginn unseres Gespräches gefallen war und das die junge Frau wie einen Urteilsspruch genannt hatte. Ich wäre gern noch einmal darauf zurückgekommen, aber ich wußte nicht, wie ich ein erneutes Gespräch beginnen sollte, und so wandte ich mich dem Dorf zu und ging langsam über die mit Geröll übersäte Wiese zum nächsten Feldweg, mehr den noch immer rötlichen Himmel betrachtend als den Erdboden, auf den ich trat, und so bemerkte ich die kleinen Blumen nicht, die zwischen den Steinen wuchsen. Die junge Frau aber bemerkte sie. Mit energischem Griff hielt sie mich vor dem nächsten Schritt zurück, schauen Sie nur, sagte sie aufgeregt, wilde Löwenmäulchen, Antirrhinum majus, man findet sie nur selten!

Sie beugte sich nieder und pflückte einige der Pflanzen, hielt sie beinahe andächtig in der Hand, berührte die gelben Blüten mit den Lippen und flüsterte: Blumen sind so schön!

In diesem Augenblick sah ihr Gesicht beinahe glücklich aus: Und ich? – Ich legte ihr nun doch die Hand auf die Schulter und sagte: Also gibt es auch im Mittelmaß einmalige Schönheit! Und was bei Blumen gilt, sollte doch ebenso bei den Menschen gelten – oder etwa nicht?

Sie hob langsam den Kopf und sah mich an. Lange. Dann drückte sie mir die Löwenmäulchen in die Hand, lachte ein wenig und nickte. Schönen Dank, sagte sie, beinahe eine Lehrstunde! Hat mir gut getan. Aber jetzt muß ich heim, ich habe noch zu tun; ich hoffe, wir begegnen uns bald wieder!

Mit weit ausgreifenden Schritten ging sie den Feldweg entlang, dem Dorf zu, ich folgte langsam, immer noch über das Wort Mittelmaß nachdenkend, das auch mein Leben bestimmt hatte und weiter bestimmte, die Mitte des Maßes, das uns zugeteilt worden ist und das wir füllen müssen mit unserem Tun und Sein und Fühlen – und mit Güte, auch mit Güte uns selbst gegenüber. Und vielleicht, dachte ich weiter, kann daraus einmal das Besondere wachsen, das jedem Menschen zugeteilt ist, so wie ein wildes Löwenmäulchen in einer Geröllspalte, nur dürfen wir es nicht aus Unachtsamkeit zertreten.

Sehen Sie, das wollte ich Ihnen erzählen ...

Dolly

Seit Dolly arbeitslos ist, geht sie jeden Morgen in die Dorfkaufhalle, weniger um einzukaufen – sie muß mit dem Arbeitslosengeld recht sparsam umgehen – als unter Menschen zu sein und mit ihnen ein paar Worte zu reden.

In der Stille ihrer kleinen Wohnung hält sie es nur schwer aus, sie ist diese Stille nicht gewöhnt. Zeit ihres Lebens hat sie gearbeitet, erst auf dem elterlichen Neubauernhof, später in der Feldbaubrigade der LPG, und während der letzten Jahre auf den Hopfenfeldern, die sich zwischen dem Dorf und der Fernverkehrsstraße erstrecken. Acht

Stunden Arbeit an der frischen Luft, in sengender Sonne, in Kälte, Sturm und Nieselregen, haben ihr Gesicht gegerbt, sie sieht älter aus, als sie ist – 53 Jahre, das ist im Grunde kein Alter, um sich im Nichtstun einzurichten.

Sie ist gern auf Arbeit gegangen, trotz schmerzender Knochen. Zuweilen hat sie den rechten Arm nicht heben können, Abnutzungserscheinungen, sagte die Ärztin, damit müssen Sie leben, wir können die Schmerzen lindern, aber wir können den Arm nicht heil machen. Nach ein paar Kurzwellenbehandlungen ist es auch immer wieder gegangen, sie hat nie klein beigegeben, vom Frühjahr bis zum späten Herbst hat sie im Hopfen geschafft, hat die Drahtfäden an den Spanndrähten befestigt, hat die Hopfenpflanzen angeleitet, wie es in der Pflückersprache heißt, damit sie sich an den Drahtfäden emporranken konnten, hat gehackt, gehackt und nochmals gehackt, und während der Ernte hat sie drei Wochen lang jeden Tag zwölf Stunden an der Hopfenpflückmaschine gestanden, inmitten von Staub und Maschinenlärm, und wenn der Hopfen dann in den großen Säcken verstaut war und in der Scheune zum Abholen bereitstand, hat sie ein eigenartiges Gefühl von Genugtuung empfunden, über das sie mit keinem gesprochen, das sie aber tagelang genossen hat. Sie ist stolz gewesen, daß sich die Arbeit eines Sommers so sichtbar gelohnt hat, da sieht man doch, daß man zu etwas nütze gewesen ist, hat sie schon einmal zu ihren Kolleginnen gesagt, und das tut gut.

Jetzt sagt sie so etwas nicht mehr, jetzt kommt sie sich überflüssig vor, an den Rand gespült, ausgegrenzt, der Langeweile ausgeliefert. Die kleine

Wohnung ist täglich schnell in Ordnung gebracht, manchmal steht sie schon um neun Uhr am Küchenfenster und weiß mit sich nichts anzufangen.

Als sie noch auf Arbeit gegangen ist, hat sie sich oft gewünscht, mehr Zeit für sich zu haben. Jetzt wird sie von der Zeit erdrückt. Wenn sie noch strikken könnte, würde sie die Stunden abstricken, sie hat früher gern und viel gestrickt, noch heute trägt sie hauptsächlich selbstgestrickte Pullover. Aber die Ärztin hat ihr des Armes wegen das Stricken verboten, sie läßt es auch sein, weil es wirklich zu weh tut. Auch das ist ein Ergebnis der vielen Zeit: Man wird auf die eigenen Gebrechen aufmerksam und schiebt sie aus Ermangelung anderer Wichtigkeiten zu sehr in den Mittelpunkt der Empfindungen und Gedanken.

Nach der letzten Ernte sind sämtliche Mitglieder der Hopfenbrigade auf Kurzarbeit-Null gestellt worden, mittlerweile sind sie in der Arbeitslosigkeit gelandet. Diejenigen, deren Männer noch Arbeit haben, leiden nicht so darunter wie die Alleinstehenden. Wie Dolly zum Beispiel!

Die anderen Frauen haben sie oft nicht verstanden, weil sie ihrer Meinung nach geradezu arbeitswütig gewesen ist. Sie hat stets darauf geachtet, daß die Pause nicht über Gebühr ausgedehnt und daß während der Arbeit nicht gebummelt wurde. Gerade die Jüngeren sind deswegen manchmal über sie hergezogen. Schlimmer als der Brigadier, haben sie getuschelt, und der treibt uns bloß an, damit er bei der Leitung gut angeschrieben ist. Was hat die Dolly eigentlich davon, daß sie immerzu schaffen will?

Sie hat eben Freude an guter und ordentlich geleisteter Arbeit gehabt, das ist es. Die Arbeit im Hopfen ist ein Teil ihres Lebens gewesen. Kommt sie sich deshalb jetzt wie amputiert vor? Wie ausgemustert oder – welch scheußliches Wort! – wie abgewickelt?

Sie ist nur froh, daß Werner das alles nicht mehr erleben muß. Werner ist vor fünf Jahren gestorben, Unfall auf dem Acker, eine der großen Erntemaschinen hat ihn überrollt, es ist nie aufgeklärt worden, wie das eigentlich passieren konnte. Er hat als Schlosser in der Werkstatt gearbeitet, da aber an den Erntemaschinen ständig etwas kaputt war, wurde er für Schnellreparaturen während der Ernte abgestellt, er fuhr schon morgens hinaus auf die Felder und hatte bis zum Abend zu tun.

Sie hat seinen Tod lange Zeit nicht begriffen. Man geht nicht morgens gesund aus dem Haus und ist Stunden danach tot, und wenn so etwas doch geschieht, nimmt es der Überlebende nicht an, sondern revoltiert dagegen, bis er irgendwann die Endgültigkeit des Geschehenen einsehen muß.

Dolly hat Werners Tod lange Zeit nicht angenommen. Seltsamerweise findet sie neuerdings einen kleinen Trost bei dem Gedanken, daß ihm auf diese Weise wenigstens die Arbeitslosigkeit erspart geblieben ist. Die hätte er noch schwerer ertragen als sie. Und an der Ungerechtigkeit, die überall zutage tritt, wäre er regelrecht zerbrochen. Der Leiter der Werkstatt, ein strammer Genosse – und ein scharfer dazu –, hat Werner das Leben schwer gemacht. Du mit deinem losen Maul, hat er oft zu ihm gesagt, wenn sich Werner wieder über fehlende Ersatzteile aufgeregt hat, du mit deinem losen Maul landest noch mal hinter Gittern, laß mich nur machen, ich bring dich dahin, wo du keinen mehr verärgern kannst! Vor dem Fritz Hebner hat Werner sie oft gewarnt.

Vor dem hüte dich, der geht über Leichen, wenn es ihm grad in den Kram paßt, hat er gesagt, mich kann er nicht ausstehen, aber das kümmert mich nicht, noch kann er mir nichts anhaben.

Vielleicht wäre es anders gekommen, wenn Werner am Leben geblieben wäre, aber das weiß niemand genau. Jetzt gehört Fritz Hebner dem Leitungskreis an, den die Treuhand für die Auflösung der LPG eingesetzt hat; es wird gemunkelt, daß sich die Herren gute Gehälter verschafft haben, ein paar tausend Mark im Monat – sie haben schon immer gewußt, wie man sich am besten den Rahm von der Suppe schöpft. Und die Kleinen sind wieder einmal die Dummen, so wie sie oder wie Ilse, die jahrelang ihr Spannemann gewesen ist, nun ebenfalls ohne Arbeit, bloß mit dem Unterschied, daß ihr Mann noch lebt. Der ist seit Jahren Invalidenrentner, hat eine kranke Lunge, kann nicht viel tun, ist aber wenigstens da, seine Nähe hilft Ilse über alle Not hinweg.

Früher ist Dolly höchstens ein- oder zweimal in der Woche zur Kaufhalle gegangen, an den Fleischtagen oder wenn es etwas Besonderes gegeben hat. Rein und raus, aufgehalten hat sie sich nicht, nach einem Schwätzchen ist ihr damals nicht zumute gewesen. Sie konnte tagsüber mit den Kolleginnen genug reden. Jetzt schiebt sie ihren Wagen Tag für Tag gemächlich an den Regalen vorbei, schaut auf die Preise, vergleicht, greift nur selten zu. Aber sie unterhält sich jeden Morgen eine Weile mit der Leiterin, sieht den Verkäuferinnen zu, die neue Waren auspacken und einräumen, vor Tagen sind wieder zwei von ihnen entlassen worden, die wenigen, die noch da sind, müssen sich sputen. Es wird erzählt, daß die Konsumgenossenschaft pleite ist, auch von großen Schiebereien ist die Rede, nun fehlt das Geld schon für die Gehälter. Da fragt man sich, was sich eigentlich im Gegensatz zu früher geändert hat: Wer meckert und sich nicht alles gefallen läßt, fliegt zuerst – zum Beispiel Frau Jahde. Sie ist auch Verkäuferin in der Kaufhalle gewesen, sollte auf fünf Stunden heruntergesetzt werden, war damit nicht einverstanden, begehrte auf – und bekam am nächsten Tag ihre Entlassungspapiere.

Von dieser halben Stunde am Morgen zehrt Dolly dann den ganzen Tag. Meist trifft sie um diese Zeit mit Ilse zusammen, die muß morgens auch immer früh aus dem Bett, ist es ein Leben lang so gewöhnt gewesen, mit dieser Gewohnheit kann man so leicht nicht brechen. Man steht ein paar Minuten zusammen, Dolly fragt nach Franz, Ilse seufzt und sagt, daß er wieder kaum geschlafen habe, sie schweigen miteinander, nicken sich zu, sagen: Na dann! Deuten mit Blicken auf die Männer, die mit den ersten Bierflaschen des Tages vor der Kaufhalle stehen und trinken und reden, arbeitslos auch sie, aber sie wissen mit der Zeit noch weniger anzufangen als die Frauen. Schlimm, sagt Ilse, und Dolly nickt, und sie denkt: Es stehen die Falschen hier, und die Falschen sitzen auf den gutbezahlten Posten ...

Wenn es das Wetter zuläßt, kehrt sie von diesem Einkaufsgang nicht gleich nach Hause zurück, sondern geht die Straße hinaus zum Hopfenfeld. Steht neben einem der starken Befestigungsseile, die tief in der Erde verankert sind und den Hopfenstangen Sicherheit geben, Sicherheit vor den Stürmen, die oft über die Hochebene jagen und die Stangen, wären sie ohne Halt, wie Streichhölzer umknicken könnten. Steht und schaut und erinnert sich – dort hinten haben sie im Sommer oft während der Frühstückspause gesessen, inmitten der hohen, dichten Hopfenpflanzen. Wie im Urwald, hat Ilse manchmal gesagt. Karla hat dort irgendwo ihre Uhr verloren, trotz eifrigen Suchens haben sie sie nicht wiedergefunden. Und noch weiter hinten hat sich Elfriede beim Anleiten am Draht verletzt, sie mußten mit ihr zur Arztpraxis gehen, die tiefe Wunde wurde sofort genäht. Und Maria, die Älteste von ihnen, kollabierte an einem heißen Tag, sie hatten wieder hacken müssen, da rutschte sie zusammen, eine Art Schlaganfall, von dem sie sich nie mehr ganz erholt hat.

Jetzt im Winter sieht das große Feld kahl und leer aus, bloß die nackten Stangen ragen in den grauen Himmel. Und der Wind singt in den Drähten. Dolly lauscht diesem Gesang, kann sich nicht lösen von diesem Anblick, wieviel ihrer Lebenszeit hat dieses Feld aufgesogen und verschlungen? Vorbei, nichts kehrt zurück, das Gute nicht, das Böse nicht, was bleibt, ist der Tag, den sie gerade lebt. Diese wenigen Stunden werden ihr jeden Morgen in die Hände gelegt, damit sie etwas Gutes daraus machen soll – aber wie macht man Gutes aus arbeitslosen Tagen?

Dann geht sie langsam heim. Früher ist sie strammen Schrittes heimgekehrt, müde, dennoch voller Schwung. Jetzt ist ihr, als zöge sie eine Last hinter sich her, und sie wird diese Last nicht los und möchte sie doch einfach am Wegrand liegenlassen und vergessen.

Am Bauernstein

Als ich heute morgen aus dem Haus gegangen bin, habe ich nicht geahnt, daß ich nachmittags hier am Bauernstein sitzen werde, nicht auf der Bank, da haben, wie immer um diese Stunde, ein paar alte Frauen gesessen, sondern auf dem Findling, der in der Nähe des Bauernsteins im Gras liegt. Das ist mein Platz von Kindheit an, bei gutem Wetter habe ich meinen Puppenwagen fast täglich hierher geschoben, ich habe diesen Platz unter der hohen Linde immer gern gehabt. Hier am Bauernstein soll vor vielen hundert Jahren Recht gesprochen worden sein, so haben wir es in der Schule gelernt. Früher ist das also möglicherweise ein Ort zum Fürchten gewesen; heute ist es nur noch ein Ort zum Träumen. Und zum Nachdenken. Und – wie für die alten Frauen dort – ein Ort zum Schwatzen.

Ich habe mich so gesetzt, daß ich unauffällig zur Bank sehen kann, ich bin ja hauptsächlich dieser alten Frauen wegen hier, das brauchen sie aber nicht zu wissen. Auf dieser Bank sitzen nachmittags stets ein paar alte Leute, das ist schon früher so gewesen, als ich noch Kind war. Ich möchte mich mit ihnen nicht unterhalten, ich möchte sie nur ein wenig beobachten, vielleicht finde ich auf diese Weise eine Antwort auf die Frage, die mich seit Stunden beschäftigt, soll ich oder soll ich nicht – oder besser: Kann ich es oder kann ich es nicht?

Heute bin ich wieder einmal zum Arbeitsamt gefahren, ich kann mich mit der Arbeitslosigkeit nicht abfinden, ich möchte eine neue Beschäftigung haben, Mitte Vierzig, zu jung, um ohne Beruf zu sein. Alfred hat zum Glück noch seinen Job, ich krieg' Arbeitslosengeld, finanziell leiden wir bis jetzt keine Not. Aber wenn man zeitlebens berufstätig gewesen ist, kann man sich im Nurhausfrauendasein schwer einrichten. Man kommt sich wie amputiert vor. Hortnerin in der Schule – ich bin mit den Kindern ausgekommen, ich glaube, sie haben mich gemocht, und ich hatte sie alle gern, auch die größten Rabauken. Doch dann wurde der Hort geschlossen, und ich stand auf der Straße, da stehe ich noch, jedesmal zuckt man auf dem Arbeitsamt die Schultern, Geduld, sagt man, Sie haben ja noch einen Verdiener, also regen Sie sich nicht auf! Ich rege mich nicht auf, ich bin nur unzufrieden und unausgefüllt, irgend etwas muß es doch für mich zu tun geben, antworte ich dann immer, verwalten Sie hier wirklich nur noch das Nichtstun?

Die Frauen auf dem Amt haben es nicht leicht, das sehe ich ein. Acht Stunden lang Klagen, Tränen, vielleicht auch böse Worte oder stumme Resignation – das geht unter die Haut, das kann man nicht einfach abschütteln, auch wenn man es möchte. Ich gebe acht, daß ich mir weder Enttäuschung noch Wut anmerken lasse, daß ich freundlich bleibe und beherrscht, immer gelingt es mir nicht. Die Frauen hinter den Schreibtischen reagieren zuweilen auch sehr gereizt, die allgemeine Hilflosigkeit lastet schließlich auf allen.

Heute nun hat man mir ein Angebot gemacht!

Ein Angebot, über das ich nachdenken muß, ein Angebot, das mich hierher zum Bauernstein geführt hat. Ich habe es nicht spontan annehmen können, Bedenkzeit bis morgen vormittag, bin neugierig, was Alfred dazu sagen wird. Wahrscheinlich wird er abraten, laß die Finger davon, wird er sagen, das ist zu schwer, das verkraftest du auf Dauer nicht, ich glaube jedenfalls nicht, daß du es verkraften könntest. Er wird mich mit seinen guten Augen ansehen und mich in seine Arme nehmen, und ich werde wieder das Gefühl haben, als wolle er mich vor der Welt in Schutz nehmen. Bloß läßt sich die Welt nicht mit einer Umarmung abdrängen, die Welt ist ständig gegenwärtig, und die Welt – oder das Arbeitsamt – macht mir ein Angebot. Nehme ich es an oder nicht?

Die drei alten Frauen kenne ich flüchtig vom Sehen, ich wohne nicht mehr hier unten am Fluß, ich wohne oben auf der Höhe und komme nur noch selten hierher. Nachher werde ich durch den Grund nach Hause gehen, eine Stunde Weg, die Bewegung wird mir guttun. Früher bin ich gern gewandert, fast jedes Wochenende sind wir unterwegs gewesen. Jetzt fehlt mir dazu der Schwung, ich bin wie ein Vogel, der die Flügel müde hängen läßt und gerade noch so viel Kraft hat, daß er sich am Ast anklammern kann, um nicht zu Boden zu fallen.

Die drei Frauen scheinen ganz vergnügt zu sein, sie reden leise miteinander, ich verstehe ihre Worte nicht. Eine von ihnen hat einen bösen Husten, es scheint ihr nicht gut zu gehen. Sicher wäre es besser, wenn sie sich ins Bett legen würde, aber die Frieda Hermann hat sich auch nicht ins Bett gelegt, wenn ihr etwas gefehlt hat, und wegen der Frieda Hermann bin ich hauptsächlich hierher gekommen, obwohl ich weiß, daß ich sie nicht sehen werde, sie ist längst tot, ist schon damals alt gewesen, als ich mit meinem Puppenwagen zum Bauernstein gekommen bin. Damals haben wir uns fast jeden Nachmittag hier getroffen, und Frieda Hermann hat mit sich selbst gesprochen, laut, ich konnte jedes Wort hören, verstehen konnte ich es nicht. Was sollte das heißen, daß man ihr Messer in die Beine stoße, jede Nacht und manchmal auch hier auf der Bank?

Ich sah niemanden mit einem Messer, und es floß auch kein Blut aus den Beinen. Einmal fragte ich sie, was es denn mit dem Messer auf sich habe, sie winkte mich zu sich, ich setzte mich neben sie auf die Bank, sie legte den Arm um mich und sagte, daß sie halt Schmerzen habe, in den Beinen und im Kreuz, und das müsse sie jemandem erzählen, es sei aber keiner da, dem sie es erzählen könne, und so sage sie es sich selbst oder dem Wind oder den Vögeln in den Büschen. Ich solle nicht hinhören und einfach weiterspielen, ich könne ja noch nicht wissen, wie schwer das Alter zu ertragen sei, eine Last, die man mühsam von Tag zu Tag schleppe, aber nirgendwo ablegen dürfe. Erst im Grab, doch bis dahin sei es ein weiter Weg.

So hat meine Bekanntschaft mit Frieda Hermann angefangen. Erst haben wir uns nur am Bauernstein getroffen, später habe ich sie auch daheim besucht, manchmal habe ich ihr ein paar Blumen gebracht oder ein Glas Marmelade, und noch später habe ich für sie eingekauft und ihr auch schon mal die Fenster geputzt. Ich wußte inzwischen auch, daß die Frieda Hermann keinen Menschen hatte, der zu ihr gehörte, alle tot, nur von ihr wollte der Tod nichts wissen, eine kranke, alte Frau, sehr allein, nie ohne Schmerzen, trotzdem meist heiter und geduldig. Ich hatte sie gern, und sie hatte mich gern, und als sie einen Schlaganfall bekam und ins Krankenhaus mußte, besuchte ich sie auch dort ab und zu. Anfangs freute sie sich, wenn ich kam, aber bald nahm sie mich nicht mehr wahr, sie sah durch mich hindurch, ich konnte ihre Blicke nicht einfangen. Sie war da und war doch nicht da, aber sie konnte nicht sterben, und weil ihr Bett im Krankenhaus gebraucht wurde, kam sie in ein Pflegeheim, so verlor ich sie aus den Augen. Denn im Pflegeheim habe ich sie nicht mehr besucht. Das Pflegeheim hat mich abgeschreckt. Solange die Frieda Hermann ansprechbar war, bin ich gern bei ihr gewesen, eine liebe, alte Oma mit dünnem grauen Haar, schmalen Lippen und vielen Falten im Gesicht, ein Hutzelgesicht, das ich schon mal gestreichelt habe. Aber als sie mich nicht mehr erkannte, habe ich angefangen, mich vor ihr zu fürchten, und deshalb habe ich sie im Pflegeheim nicht besucht und weiß nicht genau, wann sie gestorben ist.

Die drei Frauen sitzen immer noch auf der Bank, und natürlich reden sie jetzt über mich, ich spüre es an den Blicken, mit denen sie mich betrachten. Ich lächle ihnen zu, und dann stehe ich auf und gehe zu ihnen und frage, ob auf der Bank noch Platz für mich sei. Sie rücken bereitwillig zusammen, eine sagt, das sei vernünftig, ich würde mich auf dem Stein nur verkühlen. Auf dem Stein dort sitzt man nicht, sagt sie, und ich erinnere mich, daß Frieda Hermann vor vielen Jahren Ähnliches zu mir gesagt hat, man sitzt nicht auf kalten Steinen, hat sie gesagt, das schadet dem inneren Menschen.

Ich setze mich also zu den Frauen und frage sie, ob sie die Frieda Hermann noch gekannt haben. Freilich, antworten sie, manchmal verschneiden wir den Efeu auf ihrem Grab, tut sonst keiner, bei uns wird es mal ähnlich aussehen. Immer, wenn wir hier sitzen, überlegen wir, ob wir ins Pflegeheim gehen so wie sie damals oder nicht, noch kommen wir zurecht, aber wenn das mal vorbei ist? Bloß: Wer geht da gern hin? Wenn wenigstens die Pflege gut wäre und das Essen und alles Drumherum, aber die vorletzte Station ist kein Paradies, wer will denn da arbeiten? Bei Babys, sagt eine von ihnen, wischt man gern den Hintern ab, weil der Hintern noch prall und rund ist. Aber wenn die Alten sich vollgemacht haben, gibt's Geschrei und Naserümpfen, notgedrungen macht man sie sauber, es bleibt nichts anderes übrig, gern tut man es nicht. Die Alten werden grad mal versorgt, das ist alles. Ein bißchen wenig nach einem Leben voller Arbeit und Mühe, und deshalb wollen wir da nicht hin, verstehen Sie? Die Frieda ist bestimmt nicht gern dort gewesen, falls sie es überhaupt mitgekriegt hat – es wird erzählt, daß sie die letzte Zeit nicht mehr bei sich war –, man kann es ihr nur wünschen ...

Die Sonne ist hinter den Hügeln verschwunden, allmählich wird es kühl, die Frau mit den Krücken steht mühsam auf. Muß heim, sagt sie, die Knochen tun weh, bis morgen dann.

Langsam geht sie zur Straße, krumm, nach vorn gebeugt. Der geht es nicht gut, denke ich, keiner der Frauen geht es gut, sie hätten schon ein Recht darauf, daß sich jemand um sie kümmert, liebevoll, nicht nur notgedrungen. Aber wer kann das?

Für den Weg zur Höhe nehme ich mir Zeit. Die Schatten greifen mit langen, schmalen Fingern über das Tal zur anderen Bergseite hin, nur der Himmel darüber ist hell vom Sonnenlicht. Der kleine Bach neben dem Weg quält sich durch Gestrüpp und hohes Gras, früher haben wir hier Schiffchen schwimmen lassen, das ist lange nicht mehr möglich. Und der ehemalige breite Weg ist bis auf einen schmalen Pfad zugewachsen, die Natur nimmt sich, was ihr gehört und was sie zurückgewinnen kann, sie hat genug von ihrem Reichtum verloren.

Ich kenne mich im Grund aus. Ich weiß, wo ich die Brombeerhecken finde und wo sich Walderdbeeren verstecken, ich kenne die verwilderten Apfelbäume, die niemand mehr aberntet und deren Früchte besonders gut schmecken, und ich weiß, wo im Herbst die Pilze stehen. Aber obwohl ich jetzt viel Zeit habe, bin ich lange nicht hier gewesen. Arbeitslosigkeit macht träge, auf eigenartige Weise macht sie träge. Ich weiß nicht, warum es so ist, ich weiß nur, daß es so ist. Erklären kann ich es nicht.

Oben auf der Höhe steht das Haus, in dem ich seit der Heirat mit Alfred lebe. Das winzige Haus seiner Eltern haben wir ausgebaut, der Platz genügt uns, wir fühlen uns wohl in den kleinen, niedrigen Räumen. Wenn ich noch jeden Tag zum Schulhort könnte, wäre ich mit meinem Leben zufrieden. Doch der Hort ist geschlossen, und ich bin arbeitslos, und nun bietet sich mir eine andere Möglichkeit, aber ich habe Angst, sie zu ergreifen, mir ist, als stünde Frieda Hermann vor mir und höbe die Hand, um mich zu warnen. Oder winkt sie mir zu, und das heißt: Komm und wage es?

Die Haustür ist nicht abgeschlossen, also ist Alfred im Haus. Neuerdings fährt er jeden Tag mit dem Auto auf Arbeit, der Bus ist zu teuer. Auch so eine Sache, die ein normaler Mensch nicht versteht, statt das Benutzen von Bussen und Straßenbahnen billig zu halten, geht man mit den Preisen nach oben. Ergebnis: Busse und Bahnen sind leer und die Straßen so voller Autos, daß der Verkehr oft zusammenbricht. Ich bin immer froh, wenn Alfred abends gesund zu Hause anlangt, ich selbst setze mich bei diesem Verkehr nicht mehr ans Steuer.

Hallo, sage ich, als ich ins Zimmer trete. Bist du schon lange daheim?

Er sitzt im Sessel, hat die Beine hochgelegt und die Augen geschlossen. Jetzt blinzelt er mich an und lächelt müde. Ein paar Minuten, antwortet er, ich konnte früher fahren. Aber wo warst du?

Ich sage, daß ich gleich alles berichten würde, aber erst wolle ich Kaffee brühen, den könnten wir beide vertragen. Und dann sitzen wir uns gegenüber, und ich berichte von den drei alten Frauen am Bauernstein und von dem Angebot des Arbeitsamtes: Umschulung zum Altenpfleger, danach wäre mir ein Arbeitsplatz in einem Pflegeheim ziemlich sicher.

Ich halte meine Kaffeetasse in beiden Händen, trinke langsam, bei jedem Schluck denke ich: Warum sagt er nichts? Stelle endlich die Tasse auf den Tisch und sehe ihn an, sehe seine guten Augen, die mich sorgenvoll betrachten. Kannst du das, fragt er, kannst du das, ohne an all dem Elend zu zerbrechen?

Ich hebe die Schultern. Das eben weiß ich nicht, antworte ich. Ich hoffe es, aber ich weiß es nicht.

In diesem Augenblick gibt es auf der Straße einen gehörigen Lärm, Autobremsen quietschen, Glas splittert, jemand schreit laut und anhaltend. Wir springen sofort auf und rennen hinaus und sehen nicht weit von unserem Haus entfernt ein Auto, das seitlich in eine niedrige Vorgartenmauer gerast ist. Der Fahrer steht gestikulierend und schimpfend neben dem beschädigten Wagen, halb auf dem Fahrweg und halb auf dem schmalen Fußweg liegt die alte Frau Schmitt, ihr Schreien geht allmählich in ein durchdringendes Wimmern über und verstummt, als wir neben ihr sind. Mit aufgerissenen Augen starrt sie uns an. Mein Bein, stammelt sie, und mein Kopf, es tut weh!

Ich knie neben ihr nieder und streichle ihr Gesicht. Alfred rennt zum Haus zurück. Ich rufe den Notarzt, ruft er mir zu.

Den Mann am Auto kenne ich nicht, ein Ortsfremder, wahrscheinlich zu schnell gefahren, und die Frau Schmitt hört schlecht und sieht kaum noch etwas, sicher wollte sie einkaufen gehen, der Korb mit den leeren Flaschen ist über den Fahrweg gerollt, die Flaschen sind alle zerschellt. Frau Schmitt ist siebzig Jahre, sie wohnt mit ihrem Sohn zusammen, der arbeitet seit Monaten in Bayern auf Montage und kommt nur aller paar Wochen nach Hause. Sie muß allein mit allem zurechtkommen, das schafft sie auch, bisher war sie recht gut zuwege, aber jetzt hat es sie erwischt, ziemlich schwer, das sehe ich schon.

Wie ist das passiert? frage ich den Mann.

Er hebt die Schultern, tut mir leid, sagt er, sie ist mir gradewegs ins Auto gelaufen, ich bin noch ausgewichen, Sie sehen ja ...

Die Frau umklammert meine Hände. Ich kann nichts sehen, flüstert sie, die Schmerzen ...

Haben Sie ein Kissen oder eine Jacke? frage ich den Mann. Wir müssen den Kopf hochlegen.

Er holt eine Strickjacke aus dem Auto, ich schiebe sie der Frau Schmitt vorsichtig unter den Kopf. Sie wimmert wieder, ihre Fingernägel bohren sich in meine Hand. Gehen Sie nicht weg, stößt sie hervor, bitte!

Alfred kommt zurück, Notarzt und Polizei würden bald hier sein, sagt er. Er will mir aufhelfen, aber ich schüttle den Kopf, ich kann die Frau Schmitt jetzt nicht allein lassen. Ich habe das Gefühl, als verlöre sie zeitweise das Bewußtsein, dann wieder schaut sie mich an. Sind Sie noch da, fragt sie, sind Sie immer noch da?

Mittlerweile stehen die Nachbarn aus den umliegenden Häusern neben Alfred und dem Autofahrer. Ich werde dem Sohn schreiben, sagt eine Frau von gegenüber, ich habe seine Adresse. Eine andere nimmt den Hausschlüssel aus dem

Korb, ich mache ihr schnell ein paar Sachen für das Krankenhaus zurecht, ich weiß in ihrer Wohnung Bescheid. – Ich habe das wirklich nicht gewollt, sagt der Autofahrer, aber ich konnte nicht weiter ausweichen.

Notarzt und Polizei kommen fast gleichzeitig an. Wir müssen sie ins Krankenhaus bringen, sagt der Arzt nach einer flüchtigen Untersuchung, und zu mir gewandt: Können Sie mitkommen? Das wäre vielleicht ganz gut.

Frau Schmitt läßt meine Hand immer noch nicht los. Ja, sage ich, schon gut, ich fahre mit, mein Mann kann mich später abholen.

Als Frau Schmitt auf die Trage gelegt wird, schreit sie wieder. Da ist was gebrochen, sagt der Arzt leise, hoffentlich nicht der Oberschenkelhals. Im Krankenwagen gibt er ihr zwei Spritzen, immer noch umklammert die Frau meine Hand, ich sitze neben ihr, streichle ihr Gesicht, bin einfach da. Bleibe neben ihr, bis sich die Tür der Notaufnahme des Krankenhauses hinter ihr schließt. Sie können sie morgen besuchen, sagt die Schwester, dann wissen wir auch über ihren Zustand Bescheid. Sind Sie eine Angehörige von ihr?

Ich verneine, nur eine Nachbarin ...

Bedrückt gestehe ich mir ein, daß ich mich bisher kaum um die alte Frau gekümmert habe. Vor lauter eigenen Problemen habe ich die Probleme anderer nicht wahrgenommen. Habe die eigenen Sorgen gepflegt, zu sehr gepflegt. Ich gebe der Schwester unsere Adresse und unsere Telefonnummer und sage, daß ich morgen natürlich kommen werde.

Draußen empfängt mich ein kühler, windiger Abend. Ich setze mich auf die Treppenstufe, stütze den Kopf in die Hände und warte auf Alfred.

Wieder überkommt mich das Gefühl, an einer Wegkreuzung zu stehen, noch immer weiß ich nicht, welchen Weg ich gehen soll.

Zum Glück brauche ich nicht lange auf Alfred zu warten. Als ich neben ihm im Auto sitze und mich aufatmend zurücklehne, nimmt er meine Hand, drückt sie und fragt, ob nun alles klar sei?

Ich verstehe sogleich, was er meint, bin um eine Antwort verlegen und hebe die Schultern. Er lächelt, startet den Wagen und sagt: Du kannst es, da bin ich jetzt sicher. Das hast du heute bewiesen. Also nimm das Angebot an, du hilfst damit dir und anderen.

Ich drücke mich fester in den Sitz. Ich bin müde und gleichzeitig sehr wach. Werde ich also morgen auf dem Arbeitsamt eine positive Antwort geben? Da ich es immer noch nicht genau weiß, werde ich es halten wie die Frieda Hermann, die hat einmal zu mir gesagt, daß sie alle Probleme überschlafen müsse, beim Erwachen wüßte sie meist, was zu tun sei, beim Einschlafen wüßte sie es keineswegs. Ich will nur hoffen, daß ich es beim Aufwachen weiß. So eine gewisse Ahnung ist schon jetzt in mir. Sogar so etwas wie Vorfreude. Aber das behalte ich für mich. Das sage ich nicht einmal Alfred. Er weiß auch so, was in mir vorgeht. Und das ist gut so.

Die Inschrift unter dem Taufbecken

Ein grauer Sonntag im November, der Sonntag der Toten, an dem wir der Verstorbenen gedenken und sie ehren sollen, damit sie noch einmal lebendig werden in uns.

Ein grauer Sonntag, und die Frau denkt an die

Schrift unter dem Taufbecken in Heiligengrün, und sie schämt sich, weil die Sorgen sie manchmal müde machen, und wegen der Müdigkeit werden die Augen schwach und sehen das Ziel nicht mehr, auf das sie zugehen. Sie denkt an die Schrift unter dem Taufbecken, und fremdes Schicksal wird wieder lebendig in ihr und mahnt und läßt sie die eigenen Probleme leichter ertragen ...

Sie war für ein paar Tage aus der Unruhe der Stadt geflohen. Sie wollte Stille um sich haben, ein wenig Zeit zum Nachdenken. Sie hatte ihre Arbeit verloren – Sekretärin in einer Dachdeckerfirma. Trotz kaputter Dächer waren Aufträge ausgeblieben, die Firma hatte Konkurs anmelden müssen. So brauchte man sie nicht mehr, sie stand sozusagen auf der Straße, sollte immer mal wieder nachfragen, sowie sich die Auftragslage bessern würde, wollte man auf sie zurückkommen – das klang ganz positiv, nur glaubte sie diesen Worten nicht. Sie war ziemlich niedergeschlagen, wollte sich aber nicht in Depressionen verlieren, sondern hoffte, hier in der Natur wieder Mut und Zuversicht zu finden. Eine hohe, milde Sonne am Himmel, keine Wolken, kein Wind, reglose Stille – und dazwischen sie, eine Frau Ende 40, keineswegs bereit, auf Dauer mit einem Leben am Rande zufrieden zu sein.

Das Dorf, in das sie gefahren war, hieß Heiligengrün. Es lag irgendwo zwischen Hügeln und Feldern, ein kleines Dorf mit nur wenigen Häusern, sauberen Straßen und schmalen Vorgärten, in denen noch die letzten Dahlien blühten. Mittendrin eine Kirche aus groben Feldsteinen, beinahe wie eine Festung, wehrhaft und trotzig. Kein Gotteshaus, das die Seelen der Gläubigen emporzog zum Herrn in heiterer Andacht, vielmehr ein Gotteshaus, das ihnen Schutz zu bieten schien gegen die Feinde des Lebens und der Erde.

Sie hatte einen langen Spaziergang gemacht, nun wollte sie sich das Kirchenschiff ansehen – man findet zuweilen in Dorfkirchen alte Kostbarkeiten. Sie drückte die schwere Türklinke nieder und trat in den niedrigen, weißgestrichenen Raum. Er wirkte nüchtern und kühl, und sie fand nichts Besonderes darin außer einer kleinen Inschrift unter dem Taufbecken, mit dem Meißel in den Stein geschlagen, und diese Inschrift bewirkte, daß die Tage in Heiligengrün nicht mehr ihr allein gehörten, sondern noch zwei anderen Menschen, deren Leben sie nachging und die sie die Schwierigkeiten, die ihr eigenes Leben neuerdings prägten, mit ganz anderen Augen betrachten ließen.

Unter dem Taufbecken stand: Dorothee und David, gestorben am 10. Oktober im Jahre des Herrn 1937!

Sie las das und dachte anfangs nicht weiter darüber nach. Aber später im Gasthaus beim Essen mußte sie plötzlich den Wirt fragen, ob er etwas wüßte von diesen beiden Menschen. Es wäre doch seltsam, ein Sterbedatum in einen Taufstein einzugravieren.

"Nein", antwortete er, "Genaues weiß ich nicht, ich bin auch noch nicht lange hier. Aber man erzählt sich, daß die Tochter des früheren Lehrers hier einen Juden geliebt haben soll, so in den dreißiger Jahren. Er hat das Geigenhandwerk beim Stellmer gelernt. Selbstmord, wird erzählt. Aber, wie gesagt, ich weiß nichts Genaues. Habe auch nie gefragt, wie das so ist, wissen Sie, man hat sich um anderes zu kümmern, so läßt man die alten Geschichten ruhen. Wenn Sie mehr erfahren wollen, müssen Sie schon zu dem alten Geigenbauer gehen, er wohnt am Ende der Dorfstraße im letzten Haus."

"Danke", sagte sie. Und sie wanderte den kommenden Tag über die Feldwege und auch den nächsten, denn eigentlich ging eine so alte Geschichte sie nichts an, sie hatte mit sich selbst zu tun. Wo sollte sie Arbeit herbekommen – und womit brachte sie die Tage hin, wenn sie keine Arbeit mehr fand? Aber dann trieb es sie doch zu dem Geigenbauer, sie mußte zu ihm gehen, an eine fremde Tür klopfen und ihn nach diesen beiden Menschen fragen, sie mußte es einfach tun.

Der alte Mann sah sie höchst erstaunt an – schon lange Zeit hatte das Schicksal der beiden niemanden mehr interessiert –, bat sie sogleich in seine Werkstatt und begann zu erzählen.

Im Jahr 1933 hatte er seine Meisterprüfung gemacht und kurz danach einen Lehrling zu sich genommen, der hieß David und war Jude. Er liebte die Geigen und träumte davon, dem Geheimnis des Stradivari auf die Spur zu kommen. Aber er war Jude – und das prägte sein Leben.

Der Lehrer musizierte oft mit dem Geigenbauer. So lernten sich David und die Tochter des Lehrers, Dorothee, kennen. Sie gewannen sich lieb. Sie wollten heiraten, wenn David seine Meisterprüfung bestanden hatte.

Aber dann kam alles anders. Davids Eltern, die in der nahen Stadt wohnten, wurden verhaftet, er hörte nichts mehr von ihnen. Der Geigenbauer mußte zum Landratsamt, man forderte ihn auf, sich von dem Judenjungen zu trennen. Er brachte es nicht über sich. Er ahnte, was auf David zukam. Auch die beiden jungen Menschen ahnten es. Trotzdem trennten sie sich nicht.

Dorothee wurde Schwester im Krankenhaus der Stadt. Zum Examen ließ man sie nicht zu. "Judenhure" beschimpfte man sie. Sie durfte nur als Hilfsschwester arbeiten.

Dem David saß die Angst auf dem Herzen. Sie wurde immer mächtiger und stärker. Als er zufällig hörte, daß man sich beim Bürgermeister nach ihm erkundigt hatte, schlug die Angst über ihm zusammen. Er wollte leben, aber er war Jude. Er liebte Dorothee. Sie starb mit ihm.

Über ihre Gräber durfte kein Kreuz errichtet werden. So meißelte der Kantor in den Sockel des Taufsteins ihre Namen, damit diese Schrift von ihnen künde.

Der Geigenbauer wurde verhaftet und erst nach einem Jahr wieder entlassen. Die Eltern des Mädchens starben im Krieg. Sie trugen ihre Trauer schweigend, denn es gibt Leiden, über die man Schweigen breiten muß, man würde sonst die Welt aus den Angeln heben mit seinem Schreien.

Und dann gab der alte Mann der Frau ein Heft, ein blaues Schulheft, das David zuweilen als Tagebuch benutzt hatte.

"Lesen Sie das", sagte er, "aber bringen Sie es mir zurück. Es ist das einzige, was mir von dem Jungen geblieben ist, das und die Geige dort an der Wand. An der hat er die letzten Wochen seines Lebens gearbeitet."

Sie nahm das Heft und las, und der Mensch David stand in ihr auf in seinen niedergeschriebenen Gedanken, und einiges schrieb sie sich ab, und heute, an diesem Novembertag, liest sie es erneut, und wieder, wie vor Wochen, mißt sie daran die Schwierigkeiten, die sich vor ihr ausbreiten, und wieder erscheinen sie ihr klein und gering ...

"Ich gehe immer am Tod hin. Das ist ein eigenartiges Gefühl. Die hellen Töne des Lebens hat der Nebel verschluckt, Freude und Leichtsinn und Lachen. Das Dunkle dominiert. Die Angst. Christus am Ölberg, da er diese Angst durchlitt, ist meinem Herzen nah. Und dann legt Dorothee ihre Hand auf meine Schulter, und die Angst schrumpft zusammen, und ich atme ...

Dorothee ist heute gekommen, wir sind spazieren gegangen. Ich habe sie gebeten, mich zu verlassen. Ich weiß, was auf mich zukommt. Noch sitzt die Katze auf der Lauer. Einmal wird sie zuschlagen. Manchmal möchte ich einfach losgehen, irgendwohin. Vielleicht würde ich erschossen. Ein schnelles Ende ist besser als endlose Qual. Aber ich kann nicht von ihr gehen. Ich liebe sie. Eine solche Liebe hat nichts zu suchen in diesem Leben. Trotzdem muß ich bleiben. Wenn man mich von ihr fortholt, muß ich mich fügen. Ich selbst kann nicht von ihr gehen.

Ich habe sie wieder gebeten, mich zu verlassen. Sie sah mich an – manchmal besteht ihr Gesicht nur aus Augen, groß und dunkel, man möchte in sie hineinstürzen und vergehen. Du darfst dich nicht fürchten, sagte sie, ich bleibe bei dir!

Aber ich fürchte mich. Jeder Schritt auf der Straße trägt das Grauen heran. Ich lausche, ob man an die Tür schlägt: Aufmachen! Wenn die Schritte vorüber sind, habe ich nasse Hände. Oder ich zittere und muß das Messer fortlegen. Oder mir wird übel. Ein Hund bellt, und ich möchte mich verstecken. Wo?

Sie geht nicht von mir, ich gehe nicht von ihr. Was soll werden? Ich bin Jude. Ich weiß, was das bedeutet!

Die Leute, bei denen ich lebe, sind gut zu mir.

Ich bringe sie allein durch meine Gegenwart in Gefahr. Das bedrückt mich. Ich bin aussätzig – und sie sind die Samariter, sie haben mich aufgenommen, und ihre Güte ist so selbstverständlich, daß ich nicht die Kraft aufbringe, dieses Haus zu verlassen. Ein Mensch braucht eine Heimat. Und dann, mitunter, ist die irrsinnige Hoffnung in mir, daß dieser Kelch an mir vorübergehen möge. Ich will leben. Ich will Geigen bauen. Habe ich Gift an mir, daß man mich töten muß?

Stradivaris Geigen haben eine große Seele, Stellmers Geigen haben eine kleine Seele. Meine Geigen werden unter meinen Händen zu Instrumenten der Angst.

Wir lieben uns. Also ist mein Leben trotz allem gesegnet?

Ich möchte schreien: Hört mich denn niemand, hilft mir niemand? Wir wollen leben, wir wollen Kinder haben, ein bescheidenes Glück, Geigen, Musik, Sonne. Wir sind jung. Und der Tod steht neben uns. Wenn ich sie umarme, schaut er zu.

Unzählige Sterne am Himmel, dazwischen der Mond wie eine Sichel. Dorothee sagt: Wir dürfen uns nicht so wichtig nehmen!

Manchmal ist ihr Gesicht wie das eines Kindes, lieblich und fröhlich. Dann wie das eines Menschen, der alles weiß und alles erlebt hat. Auch die Hölle!

Man hat sie verhört, zwei Tage lang. Sie erzählt nichts. In der Klinik ist ihr gekündigt worden. Das Ende ist da, und nun wollen wir es bestehen. Ich rede mir ein, mich nicht zu fürchten. Aber ich fürchte mich."

Totensonntag. Ein Tag, an dem man der Verstorbenen gedenkt. Auch die Frau tut es. Sie denkt vor allem an diese beiden Menschen, die sie nicht gekannt hat und die ihr doch nahe sind; die leben wollten und nicht leben durften, denen nur der Tod blieb, an einem Herbsttag, an dem sich das Jahr ausruhte.

Und sie schämt sich erneut, weil ihr die Tatsache, keine Arbeit zu haben, die Tage vergällt und ihr das Gefühl gibt, in die Irre zu laufen und das Ziel nicht mehr zu sehen, das Ziel, für das zu leben notwendig ist: Keine Verfolgung und kein Tod mehr, weil ein Mensch ein Jude ist oder weil er eine farbige Haut hat oder einen anderen Glauben. Der Mensch soll des Menschen Bruder sein ...

Und sie denkt, daß die Tage in Heiligengrün wichtig gewesen sind für sie, weil sie sie gelehrt haben, weiter zu sehen als vor die eigene Haustür – wie gering wiegt doch die Tatsache, keine Arbeit zu haben, gemessen an der Tatsache, keine Angst haben zu müssen um das eigene Leben ...

Zwei kleine Lichter

Sie wissen noch nicht, ob sie in diesem Jahr am Heiligen Abend in die Kirche gehen werden. Das haben sie sonst immer getan, die Christvesper hat sie auf das Fest eingestimmt, die Lieder, die Weihnachtsgeschichte, die Predigt, auch die Gemeinschaft mit den Menschen, die sie kennen und mit denen sie im Alltag häufig zusammenkommen, im Haus, beim Einkaufen, auf Arbeit. Man kennt zumindest viele Gesichter, grüßt sich, wechselt ein paar Worte miteinander, hat ähnliche Sorgen und Freuden, das verbindet. Aber in diesem Jahr ist manches anders, und vielleicht werden sie auf den Kirchgang verzichten und dafür daheim die Weihnachtsgeschichte lesen, und wenn sie an die Stelle kommen, wo es heißt ... denn sie hatten sonst keinen Platz in der Herberge ..., werden sie an Maria und Sarah denken und daran, daß sie sie wohl nie wiedersehen werden. Und wieder, wie im Herbst, werden sie sehr traurig sein. Und sie werden sich diese warmen, sonnendurchfluteten Septembertage in die Erinnerung rufen und die dunklen, drohenden Abende, in denen das Böse geschah, das fast wie eine Naturkatastrophe hereingebrochen ist – die Anzeichen zuvor hatten sie nicht wahrnehmen wollen. Und vor allem Babette wird Sehnsucht haben nach Sarah, sie versteht am wenigsten, warum ihre kurze, innige Freundschaft so jäh zu Ende gegangen ist. Wieder wird sie ihre Mutter fragen, wo Sarah jetzt wohnt, aber Eva wird darauf keine Antwort geben können, und Werner wird den Satz sagen, den er stets sagt, wenn das Gespräch auf Sarah und ihre Mutter kommt: Es wäre besser gewesen, sie wären nie nach Deutschland gekommen, es wäre ihnen viel erspart geblieben.

Eva aber wird an Maria denken und daran, wie sie mit einer Gruppe Mosambikaner in das Kleiderwerk gekommen ist, in dem Eva gearbeitet hat. Die Mosambikaner sollten an den Maschinen ausgebildet werden, um später in ihrer Heimat in einem ähnlichen Betrieb arbeiten zu können. Untergebracht wurden sie in einem Wohnheim am Rande der Stadt.

Maria kam in Evas Brigade. Sie war scheu, ängstlich, sprach kaum ein Wort Deutsch, die Verständigung mit ihr war schwierig. Aber es war zu spüren, daß sie lernen wollte, daß sie sich um eine gute Arbeitsleistung mühte, und so schwand die Ablehnung, die ihr anfangs entgegengebracht wurde, allmählich und machte einer gewissen Nachsicht Platz. Man ließ sie in Ruhe, gewöhnte sich an sie, und wenn sie mit einer Arbeit nicht zurechtkam, half man ohne viel Worte.

Doch nur Eva wußte, daß Maria ihre kleine Tochter Sarah mitgebracht hatte. Und sie wußte, daß Marias Mann gestorben war und daß sie keine Angehörigen mehr besaß außer der Familie ihres Bruders. Dort hätte Sarah bleiben können, aber Maria wollte sich nicht von ihr trennen und nahm sie mit. Nun wartete die Kleine jeden Tag im Wohnheim auf die Mutter, und wenn Maria am Spätnachmittag kam, spielte sie mit dem Kind, ging mit ihm spazieren und legte sich abends mit ihm zusammen ins Bett, sie brauchten beide die körperliche Nähe des anderen, sonst wären sie an der Fremde zerbrochen.

Mit der Zeit lernte Maria von Eva etwas Deutsch, und nach Monaten nahm sie endlich eine Einladung Evas an, sie zusammen mit Sarah daheim zu besuchen.

An diesen Nachmittag denkt Babette fast jeden Abend vor dem Einschlafen. Sie sieht Sarah in der Tür stehen, sie weiß nicht mehr, was für ein Kleid Sarah anhat, aber sie sieht ihr dunkles Gesicht, die großen, fragenden Augen, das krause Haar. Und sie sieht, wie Sarah sie anlächelt und ihr die Hand entgegenstreckt. Sie muß diese Hand ergreifen und drücken, sie muß es einfach tun, Sarah gefällt ihr auf den ersten Blick. Sie nimmt sie mit in ihr Zimmer, dort spielen sie mit den Puppen, sie verstehen sich, sie kommen fast ohne Wort aus, beim Abschied küssen sie sich, und später sagt Babette zu den Eltern: Sarah ist meine Freundin!

So einfach ist das bei Kindern! Sarah ist Babettes Freundin – und es ist gleichgültig, welcher Rasse sie angehört und welche Sprache sie spricht. Kinder verstehen die Sprache der Augen und die Sprache der Hände, Kinder nehmen einander an, auch ohne Worte, wenn die Erwachsenen sie gewähren lassen und ihnen nicht die eigenen Gefühle aufdrängen. Vor allem nicht den eigenen Haß.

Der bricht auf, als sich die Arbeitslage nicht nur im Kleiderwerk, sondern in der ganzen Stadt zu ändern beginnt. Viele Betriebe müssen schließen, die Arbeitslosigkeit steigt. Auch dem Kleiderwerk droht das Aus. Viele der Ausländer erhalten, wie andere Arbeiter auch, die Kündigung. Man will sie in die Heimat zurückschicken, aber sie wollen bleiben, sie beantragen Asyl. Da sich die Prüfungsverfahren in die Länge ziehen, wohnen sie weiter im Heim und sind auf öffentliche Unterstützung angewiesen. Maria erhält durch Evas Vermittlung eine Stelle als Putzfrau, so verdient sie noch den Unterhalt für sich und die Tochter. Doch als der heiße, trockene Sommer zu Ende geht und der Herbst anbricht, wird auch ihr gekündigt, man wünscht, sie solle Deutschland verlassen, wie auch die anderen Fremden Deutschland verlassen sollen, man will wieder unter sich sein und die wenige noch vorhandene Arbeit unter sich aufteilen, ist das eigentlich so schwer zu verstehen?

So geschieht es hin und wieder, daß Maria auf der Straße von jungen Leuten angepöbelt wird, daß man ihr Prügel androht, wenn sie nicht endlich ihre Koffer packt. Ich habe Angst, sagt sie zu Eva, die sie mit Babette zuweilen besucht, aber mein Bruder hat auch keine Arbeit, er kann uns nicht aufnehmen, wo sollen wir hin?

Nein, so wohlgeformte Sätze bringt sie nicht zustande, doch Eva versteht, was sie sagen will. Sie ist ebenso ratlos wie Maria. Sie kann sie nur in den Arm nehmen und ihr für Sekunden einen Halt geben. Auf Dauer ist das zuwenig.

Der Haß entlädt sich dann wie ein jähes, gefährliches Gewitter. Eines Abends im September rotten sich junge Leute zusammen, bewaffnet mit Steinen, Schreckschußpistolen und Schlagstöcken; sie umringen das Wohnheim, schleudern Steine in die Fenster, Scheiben zersplittern, irgendwo bricht ein Feuer aus, das von den Heimbewohnern gelöscht werden kann. Zwei Asylanten, die das Heim betreten wollen, werden brutal zusammengeschlagen, das Gejohle lockt Neugierige heran, sie stehen auf der anderen Straßenseite und schauen zu, greifen nicht ein, einige von ihnen spornen die jungen Leute an. Gebt es ihnen, rufen sie, sie sollen sich endlich davonscheren ...

An einem der oberen Fenster stehen Maria und Sarah, sie starren hinunter, die Angst nimmt ihnen fast den Atem. Sarah drängt sich an die Mutter, Maria preßt das Kind fest an sich, das Gefühl der Hilflosigkeit lähmt sie alle. Männer verbarrikadieren die Haustüren, stehen auf den Treppen, fürchten, daß die Angreifer das Haus stürmen werden. Das geschieht nicht, gegen Mitternacht kehrt Ruhe ein, eine trügerische Ruhe, der niemand traut.

Sie werden wiederkommen, flüstert Maria. Und sie werden uns vertreiben ...

Am anderen Tag bleibt es ruhig. Schon keimt Hoffnung auf, daß es sich nur um ein einmaliges Geschehen gehandelt haben könnte. Gegen Abend trägt Maria einen vollen Eimer zu den Mülltonnen, Sarah, ihre Puppe im Arm, läuft ihr nach. Da stürzen wieder einige junge Leute herbei, reißen Sarah die Puppe weg, treten auf der Puppe herum, lachen, als Sarah laut zu schreien beginnt. Maria, tief erschrocken, schleudert den

Eimer in die Gruppe der Männer, faßt nach Sarahs Arm und rennt mit ihr ins Haus. Hockt sich zitternd in eine Ecke, schützt Sarah mit ihrem Körper, ertrinkt hilflos in Angst. Draußen sammeln sich, wie am Vorabend, die Angreifer, wieder fliegen Steine in die Fenster, eine kleine Gruppe stürzt sogar ins Haus, wird aber von den Bewohnern vertrieben. Die Türen werden erneut gesichert. – Soll das von nun an jeden Abend, jede Nacht so weitergehen?

Die gleiche Frage stellen sich viele Bewohner der Stadt. Bringt die Fremden weg, verlangen die meisten, damit Ruhe einkehren kann. Die Polizei soll eingreifen, verlangen andere, diese Gewalt darf man nicht dulden, heute richtet sie sich gegen Ausländer, morgen vielleicht gegen uns? Andere aber empfinden diese abendlichen Randale als spannende Unterhaltung: Endlich ist mal was los in der Stadt, man braucht nicht vor dem Fernseher zu glucken, um Spaß zu haben, man kann in der Nähe des Wohnheims stehen und zuschauen und die eigenen Aggressionen auf leichte Art loswerden.

Werner, Eva und Babette gehören zu den ehrlich Betroffenen. Sie werden die Gedanken an Maria und Sarah nicht los – wie kann man ihnen helfen? So geht Eva eines Nachmittags zum Wohnheim, sie will mit Maria sprechen. Aber sie wird nicht eingelassen, die Haustüren bleiben verschlossen. Als sie sich enttäuscht abwendet, wird sie von Menschen angesprochen, die sie nicht kennt. Schämen Sie sich nicht, fragt man, Kontakt mit denen da zu suchen, haben Sie das nötig?

Ja, antwortet sie, eine Freundin von mir wohnt dort, ich mache mir Sorgen um sie. Können Sie das nicht verstehen?

Man versteht es nicht: Freundin? Kann man etwa mit Fremden befreundet sein?

Leichter als mit manchen von euch, denkt Eva traurig. Wohin sind wir schon wieder geraten, denkt sie, und wohin treiben wir?

Weil die Randale nicht aufhören, weil sich die Situation Abend für Abend zuspitzt, weil das Wohnheim regelrecht belagert wird und es obendrein noch zu Auseinandersetzungen zwischen den Belagerern und der Polizei kommt, wird das Wohnheim schließlich geräumt. Man verlegt die Fremden in eine andere Stadt. Das soll heimlich geschehen, spricht sich aber wie ein Lauffeuer herum. Auch Eva hört davon. Sie rennt sofort zum Wohnheim, sie will wissen, wohin Maria und Sarah gebracht werden, was mit ihnen weiter geschieht. Aber die Polizei schirmt die Busse ab, in die die Fremden einsteigen, nur von der anderen Straßenseite aus kann Eva sehen, wie Maria und Sarah aus dem Haus kommen und zum Bus gehen. Maria trägt zwei Koffer, Sarah hat einen großen Campingbeutel auf dem Rücken, das ist ihr gesamter Besitz. Laut ruft Eva ihre Namen und winkt ihnen zu, Maria hebt den Kopf, erkennt Eva, stellt die Koffer ab, schaut hinüber, der Schatten eines Lächelns huscht über ihr Gesicht. Aber schon wird sie in den Bus geschoben, Sarah folgt, das Gepäck wird ihnen nachgereicht. Wenig später tauchen beide an einem Fenster auf, Maria setzt sich mit dem Rücken zum Fenster, scheint wieder mit beiden Armen das Kind zu umschließen. Erst als der Bus anfährt, wendet sie das Gesicht zum Fenster, nickt Eva zu – ein letzter, stummer Gruß, Abschied für immer ...

Evas Bemühungen, den neuen Wohnort der Asylanten herauszubekommen, bleiben ohne Erfolg. Man weiß es nicht, man will es nicht wissen, sollen sich andere kümmern, endlich ist man selbst diese Last los.

Eva aber kann Maria nicht vergessen, und Babette denkt jeden Abend an Sarah. Und manchmal faltet sie die Hände und sagt ganz laut: Lieber Gott, paß bitte auf Sarah auf, dir ist es egal, welche Hautfarbe ein Mensch hat, Hauptsache, er hat ein gutes Herz. Und Sarah hat ein gutes Herz, das kannst du mir glauben!

Nein, sie wissen nicht, ob sie in diesem Jahr am Heiligen Abend in die Kirche gehen werden. Nicht, weil es möglich sein könnte, daß sie dort Menschen begegnen, die an jenen bösen Herbstabenden den Randalierern Beifall geklatscht haben, sondern weil die Frage sie umtreibt, was sie getan haben, um Maria und Sarah eine Herberge zu geben. Ob es nicht viel zuwenig war, was sie getan haben. Und diese bohrende, schmerzende Frage soll nicht überdeckt werden von dem Gefühl der Harmonie, welches die Worte der Engel vom Frieden auf Erden immer und immer wieder auslösen und das träge macht und zufrieden und zu leicht vergessen läßt: Gott bietet mit der Geburt seines Sohnes den Menschen zwar den Frieden an, die Menschen können mit diesem Frieden im Grunde aber wenig anfangen. Denn wie soll der Friede zwischen Gott und den Menschen das Leben bestimmen, wenn die Menschen es nicht endlich lernen, untereinander Frieden zu halten?

Babette wird für Sarah am Heiligen Abend eine Kerze anzünden, und Eva für Maria. Zwei kleine Lichter gegen die große Dunkelheit ...

Rosensträuße

Sie steht in der Unterführung am halleschen Bahnhof, dort, wo die Treppen ringförmig zu den Straßenbahnhaltestellen hinaufführen. Sie steht schon seit vier Stunden hier, hat neben sich einen Eimer mit Rosensträußen, die möchte sie verkaufen, eine kleine Einnahme, das Arbeitslosengeld reicht kaum zum Überleben. Sie ist Beiköchin gewesen in einem Kindergarten, nun kommen nur noch wenige Kinder, die Arbeit kann von einer Köchin gut geschafft werden, da mußte sie gehen. "Tut mir leid", hat der Bürgermeister zu ihr gesagt, "aber die Zeiten sind nun einmal so, damit müssen wir uns abfinden."

Du doch nicht, hat sie gedacht, du hast doch dein Schäfchen längst wieder im trocknen, fährst ein großes West-Auto, gondelst in der Welt herum, angeblich, um Investoren für neue Betriebe zu finden, das nehme ich dir aber nicht ab; ich kenne dich, früher strammer Genosse, jetzt willst du von alledem nichts mehr wissen, warst schon immer dagegen, und wir müssen weiter parieren. Tun wir ja auch, es gibt keine Stelle, wo wir Einspruch erheben könnten, und ich halte meinen Mund sowieso, bin das gewöhnt. Aber denken tu ich nichts Gutes, das kannst du mir glauben!

Sie ist nicht immer gern zur Arbeit gegangen, an manchen Tagen hätte sie am liebsten alles hingeworfen, das Töpfescheuern war ihr zuwider, auch das ewige Abwaschen in lauwarmem Wasser. Die Heizungsanlage war seit Jahren defekt, auch nach der Wende wurde sie nicht repariert. Angeblich lohnte sich eine Reparatur nicht mehr, irgendwann würde eine neue Anlage eingebaut werden müssen, irgendwann, wenn wieder genügend Geld in Sicht sein würde. Aber wenn sie hat kochen dürfen, ist sie fröhlich und guter Dinge gewesen, den Kindern hat es auch geschmeckt, bis auf ein paar Mäkelfritzen, denen es niemand recht machen konnte. Alles in allem ist sie mit ihrer Arbeit und mit ihrem Leben zufrieden gewesen, jeder Tag verlief in gewohnten Gleisen, alles war bekannt und vertraut bis zur Langweiligkeit.

Und nun plötzlich: Entlassen in die Arbeitslosigkeit.

Es hat keinen wortreichen Abschied gegeben, man hat sich die Hände gedrückt und einander zugenickt, und jeder hat sich stumm gefragt, wer wohl der nächste sein würde. Eine Weile hat sie in der Küche gestanden; als sie merkte, daß ihr die Tränen in die Augen stiegen, hat sie schnell ihren Kram gepackt und ist gegangen, ohne sich noch einmal umzusehen. Aus, vorbei, abgeschlossen, zum Glück hat sie noch einen großen Garten, in dem kann sie herumwirtschaften, so wird ihr die Zeit nicht lang werden. Hofft sie. Denkt sie. Sie wird sich nicht hängenlassen, sie wird sich halt einschränken in allem, so muß es gehen.

Die ersten Tage ist es auch gegangen. Sie hat länger geschlafen, hat sich auch mittags etwas hingelegt, mit 54 darf man sich diesen Luxus leisten. Das ist wie Urlaub gewesen, die Endgültigkeit dieses Zustands ist ihr erst Wochen später bewußt geworden. Eigentlich ohne besonderen Anlaß. Sie hat die täglichen Tätigkeiten in der kleinen Wohnung verrichtet, ist gegen 10 Uhr mit allem fertig gewesen, hat sich noch einen Kaffee gebrüht, und genau beim ersten Schluck ist ihr klargeworden, daß ihr nun bis zum Abend im Grunde nichts mehr zu tun bleibt, ein bißchen Unkraut hacken, ein bißchen stricken – ein Leben am Rande, zuwenig, um sie auszufüllen. Und mit dem Geld kommt sie auch nur notdürftig aus, große Ersparnisse kann sie nicht vorweisen – womit soll sie zum Beispiel die Kohlen für den Winter bezahlen? Ihre kleine Wohnung im Erdgeschoß eines früheren Gesindehauses ist kühl und feucht, Lehmhaus, der Gutsbesitzer ist 1945 enteignet worden, die Gemeinde hat an den Häusern in all den Jahren kaum etwas in Ordnung gebracht, gerade mal das Dach, das ist dicht. Die Öfen müßten erneuert werden, dafür wird sicher auch kein Geld vorhanden sein, sie kennt die ständige Rede des Bürgermeisters auswendig. So fressen die Öfen weiterhin unmäßig viel Kohle und geben wenig Hitze. Woher soll sie das Geld nehmen?

Alice Ehlers ist eine schlanke, hagere Frau, groß, blaß, farblos, unverheiratet. Ein paar Liebesaffären haben keine tieferen Spuren in ihr hinterlassen. Seit Jahren lebt sie allein, hat sich damit abgefunden, ist ja auf Arbeit mit Menschen zusammengewesen, so hat sie Einsamkeit daheim nicht gestört. Jetzt freilich sehnt sie sich plötzlich nach Gesprächen, nach Tratsch und Geschwätz und jenen winzigen Sticheleien, die sie früher nicht hat ausstehen können; hin und wieder ein Schwatz beim Einkaufen oder nachmittags unten im Hof mit den Nachbarn – das ist auf Dauer nicht genug. Das bringt auch kein Geld, Himmel noch mal, soll sie vielleicht im Winter zu allem Elend auch noch frieren?

Ihr Garten liegt am Dorfrand, 300 Quadratmeter, eingefaßt von einer breiten Himbeerhecke. Die Himbeeren wird sie verkaufen, sie haben gut angesetzt. Den Rhabarber ist sie nicht losgeworden, vielleicht später ein paar Bohnen. Und die Rosen ...

Die Rosen?

Franz, mit dem sie vor Jahren eine kurze, heftige Affäre hatte, ist ein Rosennarr gewesen. Er hat rote, gelbe und weiße Rosen angepflanzt, Zierrosen, um die er sich sorgsam kümmerte, bis er eines Tages seine Sachen packte und davonzog. Er hat ihr gezeigt, wie Rosen verschnitten und für den Winter eingeschlagen werden, er hat sie gelehrt, auf Schädlinge zu achten und auf gute Düngung. Seither ist die Rosenzeit die schönste Jahreszeit in ihrem Garten, sie freut sich an den duftenden Blüten, nimmt immer einmal eine von ihnen mit nach Haus, stellt sie auf den Tisch, streichelt sie mit den Blicken, das ist wie eine Liebkosung für den verschwundenen Freund.

In diesem Jahr tragen die Rosenstöcke besonders viele Knospen. "Die müssen Sie verkaufen", sagt die Nachbarin über die Himbeerhecke, "in Halle am Bahnhof stehen ab und zu Blumenhändler. Sie kriegen bestimmt gutes Geld dafür!"

Verkaufen? Ihre geliebten Rosen? Bisher hat sie nur hin und wieder einmal eine verschenkt, jedesmal ist ihr gewesen, als würde sie damit etwas von sich selbst wegschenken, eine Erinnerung, eine kleine, unwiederbringliche Kostbarkeit. Und jetzt: verkaufen?

Wenn schon, dann nicht zu billig, die Mühe muß sich lohnen, Kostbarkeiten dürfen nicht verschleudert werden. Immerhin könnte sie mit dem Geld ein paar Zentner Kohlen mehr einkellern, die Himbeeren werden auch noch ein paar Mark bringen. Zumindest muß man es überlegen.

Aber schafft sie das: sich hinstellen und Rosen verkaufen, sie feilbieten, anpreisen? Sie, die fremden Menschen gegenüber stets gehemmt ist, mundfaul, wie ihre Kolleginnen behauptet haben, kocht das beste Essen, aber kriegt die Zähne nicht auseinander, wenn sie etwas von sich erzählen soll. Man weiß nicht, wie sie lebt und was sie daheim treibt, stilles Wasser, möglicherweise tief, aber auch davon hat man keine Ahnung.

Es wird sie große Überwindung kosten, nach Halle zu fahren, um Rosen zu verkaufen. Aber trotzdem: Einen Versuch ist die Sache wert ...

Ein paar Tage lang überlegt sie, verwirft, überlegt aufs neue und faßt endlich den Entschluß, sich an einem Donnerstagmittag in die Unterführung am halleschen Bahnhof zu stellen, mit einem Eimer voller Rosensträuße. Es werden sicher um diese Zeit genügend Menschen vorbeikommen, hoffentlich werden die Rosen Käufer finden, ihre geliebten, wunderschönen Rosen – es fällt ihr nicht leicht, sie abzuschneiden und zu Sträußen zusammenzubinden, aber was sein muß, muß sein, Sentimentalitäten kann sich eine arbeitslose Frau nicht leisten.

Und dann steht sie also in der Unterführung, dort, wo die Treppen ringförmig zu den Straßenbahnhaltestellen hinaufführen. Die Menschen hasten an ihr vorbei, selten einmal ist die Unterführung menschenleer. Nicht weit von ihr verkaufen Vietnamesen Zigaretten und knallbunte T-Shirts, bei ihnen bleiben hin und wieder ein paar Leute stehen, nehmen Zigaretten mit, wühlen in den T-Shirts herum, lassen sie liegen. Ihre Rosen aber werden nicht beachtet, werden nicht wahrgenommen, und sie daneben auch nicht. Dabei steht sie wirklich günstig, genau zwischen den Treppen, den Eimer mit den Rosen hat sie auf einen der steinernen Papierkörbe gestellt, er ist einfach nicht zu übersehen. Aber er wird übersehen, auch das Schild, das sie gestern gemalt hat: Ein Rosenstrauß für 3,50 DM. Das ist doch wirklich nicht zuviel für diese Pracht, für diese Schönheit, für diesen Duft! Trotzdem findet sich kaum ein Käufer, und sie steht und fühlt sich elend und möchte am liebsten davonrennen, aber nicht einmal dazu hat sie Kraft. Zwölf Sträuße hat sie in der Frühe gebunden, voller Hoffnung ist sie hergekommen, die Hoffnung hat sie über die erste Stunde getragen, auch über die zweite; aber nun, wo sie fast drei Stunden hier steht und gerade einmal drei Sträuße verkauft hat, pro Stunde einen Strauß, nun schrumpft die Hoffnung zusammen und stiehlt sich davon und hinterläßt in ihr ein Gefühl von Scham. Und von Trauer. Sie hat ihre schönen Rosen zu Geld machen wollen, das zahlt sich nicht aus, am Ende hat sie weder Geld noch Rosen, geschieht ihr ganz recht, warum hat sie sich zu diesem unsinnigen Tun verleiten lassen? Aus Geldgier? Nein, höchstens aus Geldnot und Zukunftsangst.

Sie steht still, beinahe unbeweglich. Eine junge Frau, die schwer an zwei gefüllten Einkaufstaschen schleppt, geht vorüber, dreht sich nach wenigen Schritten um, betrachtet die Rosen und verlangt einen Strauß mit weißen Blüten. "Wunderschön", sagt sie, "aber Sie dürfen nicht so still sein, Sie müssen die Rosen anpreisen wie unten auf dem Markt der Fischhändler seinen Fisch!"

Sie drückt fünf Mark in die ausgestreckte Hand, will nichts zurückhaben, der Strauß ist immer noch fast geschenkt. Da wickelt ihr Alice Ehlers einen zweiten Strauß ein. "Nehmen Sie nur", sagt sie, "wenn Sie Freude daran haben, ist es gut, wenigstens ein Mensch, der sich noch über Rosen freut! Ich stehe schon lange hier, aber Sie sehen selbst, die Rosen lassen die Köpfe hängen und ich auch, ich tauge nicht zu diesem Geschäft."

Die junge Frau gibt ihr noch einmal fünf Mark,

Widerspruch läßt sie nicht gelten. Beschämt sieht ihr Alice nach, das hat sie nicht gewollt. Trotzdem: ein kleiner Lichtblick! Und die Menschen hasten weiter an ihr vorbei, grußlos, blicklos, einmal ruft sie leise: "Schöne Rosen!" Doch niemand hört.

Nach vier Stunden hat sie genug. Nach vier Stunden gibt sie auf. Und da geschieht es: Drei halbwüchsige Jungen lärmen heran, stoßen sich, schubsen sich, ziehen lachend den Eimer mit den Rosensträußen vom Papierkorb, er scheppert laut auf dem Betonboden, das Wasser bildet kleine Pfützen, und die Rosen werden, Fußbällen gleich, davongeschossen. Ihre geliebten, duftenden Rosen ...

Sie steht wie erstarrt. Nach einer Weile bückt sie sich müde, sammelt einige der Blumen auf, hält ihre schlaffen Blüten an ihren Mund, küßt sie, gäbe viel darum, wenn sie ihnen neues Leben einhauchen könnte. Nimmt den Eimer, die Tasche, die verletzten Rosen, wartet oben am Busbahnhof auf den nächsten Bus, fährt heim, nur heim, nichts sehen und hören, die Tür hinter sich schließen und den Tag, so gut es geht, vergessen ...

Als sie einige Zeit später im Garten von der Nachbarin nach dem Erfolg ihrer Verkaufstour gefragt wird, winkt sie ab, schaut zu den Rosenstöcken hin, die zum Glück ein paar neue Knospen tragen, zieht die Schultern hoch, als sei ihr kalt und geht in den hinteren Teil des Gartens, so weicht sie jedem weiteren Gespräch aus.

Steh-auf-Lieschen

Das ist so: Die Elisabeth Schirmin, die in dem Mietshaus in der Parkstraße wohnt, hat nebenbei einen Namen, der nur wenigen bekannt ist. Sie selbst denkt auch nur an ihn, wenn ihr wieder einmal das rechte Knie weh tut und sie schlecht gehen kann. Dann erinnert sie sich ihres sechsten Geburtstages, an dem sie ein Paar Rollschuhe geschenkt bekam, mit denen sie noch am gleichen Tag unten auf dem Bürgersteig die ersten Gleitversuche machte. Sie stellte sich geschickt an, der Vater, der ihr zusah, klatschte Beifall. Sie winkte zurück, lachte und versuchte, schneller zu fahren. Dabei kam sie ordentlich in Schwung, breitete die Arme aus und meinte zu schweben, bis plötzlich eines der Vorderräder blockierte und sie im gleichen Augenblick längelang aufs Pflaster schlug. Eine Schrecksekunde, ein jäher, heftiger Schmerz, schon stiegen ihr die Tränen in die Augen, schon wollte sie lauthals losheulen, als ihr der Vater zurief: "Steh auf, Lieschen!" Das klang wie Befehl und Bitte zugleich, das riß sie förmlich hoch. Sie schluckte die Tränen hinunter, rappelte sich auf, sah, daß das rechte Knie blutete, schaute zum Vater hin, der ihr anerkennend zunickte, schniefte und schnaufte und fuhr, langsamer nun, die Straße hinunter. Kehrte an der Ecke um, kam zurück, schnallte sich am Haus die Rollschuhe ab, ging hinauf in die Wohnung und hatte von da an ihren Spitznamen weg.

Daß dieser Name für sie so etwas wie ein Lebensprogramm werden sollte, hat sie damals nicht gewußt. Lange hat sie sich über das "Steh-auf-

Lieschen" geärgert, ist wütend geworden, wenn sie wieder so gerufen wurde, hat es bald nicht mehr hören mögen und hat sich doch in schwierigen Situationen daran festgehalten. Und schwierige Situationen hat es mehr als genug in ihrem Leben gegeben, gibt es auch heute noch, gibt es gerade heute – wer hätte denn gedacht, daß sie mit 52 Jahren arbeitslos werden würde? Ihr Vater hatte bei der Post gearbeitet, auf seinen Rat hin war auch sie zur Post gegangen, hatte Briefe ausgetragen, hatte Pakete angenommen, hatte Schalterdienst getan und zuletzt in der Verwaltung gearbeitet. Aber im Jahr 1991 wurde der Verwaltungsapparat verkleinert, auch im Schalterbereich und bei der Briefpost sparte man Personal ein, und so erhielt sie zusammen mit vielen anderen ihre Kündigung und war praktisch von heute auf morgen ohne Arbeit. Und ohne Verdienst. Natürlich beantragte sie Arbeitslosengeld, aber die Bearbeitung ihres Antrags dauerte Wochen. Während dieser Zeit lebte sie vom Ersparten, und wenn sie mutlos werden wollte, weil sie unter der ihr aufgezwungenen Tatenlosigkeit litt, wenn sie fast verzweifelte, weil kaum Hoffnung bestand, eine neue Beschäftigung zu finden, sagte sie leise und befehlend zu sich selbst: Steh-auf-Lieschen! Und schon kam ihr von irgendwoher ein wenig Kraft, und die nächsten Stunden überzogen sich mit Farbe und Wärme, und sie fühlte sich einfach besser.

Allerdings hat sie zu Beginn ihrer Arbeitslosigkeit nicht geglaubt, daß sich dieser Zustand über Monate hinziehen würde. Doch auch mit dieser Tatsache muß sie leben lernen. Das Arbeitslosengeld reicht für die Miete und für einen bescheidenen Lebensunterhalt, das ist alles. Jede Woche geht sie zum Arbeitsamt, steht sich die Beine in den Bauch, wird vertröstet, tröstet ihrerseits andere, die mit ihr warten. "So geht es nicht weiter", sagt sie zu den Frauen, "glaubt mir, eines Tages wird es besser!" Erntet nur ein stummes Schulterzucken, läßt sich trotzdem nicht hängen, "Steh-auf-Lieschen" gibt so bald nicht auf, das wäre doch gelacht!

Schließlich hat sie nie aufgegeben, obwohl das nicht einfach gewesen ist! Die Eltern starben kurz hintereinander, als sie gerade die Lehre beendet hatte. Um die Wohnung halten zu können, nahm sie die ältere Schwester ihrer Mutter, die sich nach einem Schlaganfall nur mühsam versorgen konnte, zu sich. Ihre Mutter war eine heitere Frau gewesen, Tante Isolde dagegen fühlte sich nur wohl, wenn sie klagen konnte. Das tat sie ausdauernd, beinahe genußvoll, damit brachte sie jeden zur Verzweiflung. Auch ihre Nichte, die anfangs diesen depressiven Stimmungen hilflos gegenüberstand. Als sie aber spürte, daß diese Stimmungen auf sie überzugreifen drohten, setzte sie sich freundlich und entschieden zur Wehr. "Ich tu für dich, was ich kann", sagte sie zur Tante. "Wenn dir das nicht genug ist, mußt du in ein Altersheim, ich kann dir weder die Schmerzen noch deine schlechte Laune wegzaubern, du mußt mit beidem leben lernen, etwas anderes bleibt dir nicht übrig!" Die Tante weinte und tobte, aber dann nahm sie sich zusammen; als sie nach einem Jahr starb, war "Steh-auf-Lieschen" ehrlich bekümmert. Sie war nun 21 Jahre alt und sehr allein, aber sie fand den Richtigen nicht, da nahm sie schließlich den Falschen: Georg Schirmin, Angestellter in einem Frisörgeschäft, zuständig für die männlichen Kunden, ein gutaussehender, aber haltloser Mann.

Sie liebte ihn nicht, sie war nur kurze Zeit, allerdings sehr heftig, in ihn verliebt, das gab sich, als sie schwanger wurde und er darüber in Wut geriet. "Konntest du nicht aufpassen", schrie er sie an, "ein Kind in dieser schweren Zeit, das hat mir gerade noch gefehlt! Bildest du dir ein, du könntest zu Hause bleiben und dir ein angenehmes Leben machen mit dem Balg? Fehlanzeige, ich haue ab, sieh zu, wie du allein zurechtkommst!"

Damals gab es noch keine Mauer zwischen den beiden Teilen Deutschlands, das Abhauen war einfach, das Untertauchen auch, weil Mauer und Stacheldraht wenige Monate später errichtet wurden.

Im Spätherbst brachte Elisabeth einen Sohn zur Welt, sie nannte ihn Alexander. Schon bald nahm sie ihn morgens mit auf Arbeit und schob den Kinderwagen vor sich her, wenn sie Zeitungen und Briefe austrug. Sie verdiente wenig, aber sie war glücklich mit dem Kind, an den Mann verschwendete sie keinen Gedanken mehr. "Steh-auf-Lieschen" klang wieder wie ein Programm, an das sie sich hielt. Der Kleine gedieh, mit allem anderen wurde sie fertig. Da die Wohnung für sie und den Sohn zu groß war, tauschte sie sie gegen eine kleinere ein, so kam sie in die Parkstraße. Zweieinhalb Zimmer und Küche, die Toilette auf halber Treppe, ein Bad gab es nicht, das bedauerte sie sehr. Mit den Hausbewohnern kam sie aus, auf die Frage nach ihrem Mann antwortete sie wahrheitsgemäß, daß er in den Westen gegangen sei und nun nicht mehr zurückkönne. Man hatte Mitleid mit ihr, vor allem, als der Kleine mit eineinhalb Jahren zu kränkeln begann. Ein Infekt löste den anderen ab, das hielt das kleine Herz nicht aus, akute Herzschwäche war die Folge, monatelang

lag er im Krankenhaus. Sie besuchte ihn, so oft es möglich war, wollte ihn wieder daheim haben, aber da sie Geld verdienen mußte und nicht ständig für ihn da sein konnte und niemanden hatte, der sich in ihrer Abwesenheit um ihn kümmerte, er auch nicht krippenfähig war, blieb er fast ein Jahr im Krankenhaus. Das war kein Leben für sie, das war eine Qual, und nur dieses "Steh-auf-Lieschen", das immer wieder in ihren Gedanken auftauchte, verhinderte ein Abgleiten in Verzweiflung.
Schließlich kam ein zartes, wenig belastbares Kind nach Hause, das sich nur langsam an die andere Umgebung daheim und in der Krippe, die es nun besuchen durfte, gewöhnte. Aber "Steh-auf-Lieschen" war fröhlich und guter Dinge. Es wird schon werden, sagte sie immer wieder zu sich selbst, es wäre ja gelacht, wenn es nicht werden würde!

Und es wurde auch gut. Alexander gedieh, bald dachte niemand mehr an seine Herzschwäche, am wenigsten die Mutter. Und als er zehn Jahre alt war, ließ sie ihn mit einigen Freunden aus seiner Klasse in ein Ferienlager an die Ostsee fahren, er wünschte es sich so sehr, und sie erfüllte ihm diesen Wunsch nach einigem Zögern. Und dort geschah es: Beim Schwimmen erlitt er einen Herzschlag, der Tod trat sofort ein, alle Wiederbelebungsversuche blieben erfolglos. Zu schnell ins kalte Wasser gegangen, zu lange darin gewesen – Fragen, auf die es keine Antwort gab. Auch auf die verzweifelte Frage nach dem Warum gab es keine Antwort. Diese Frage hämmerte nun tagaus und tagein in ihrem Kopf. Es schien, als ob sie jede Lebenskraft aus ihr herausschlüge, übrig blieb eine verzweifelte Frau, die nicht mehr leben wollte und doch leben mußte, jeden Tag aufs neue – es fehlt ihr der Mut, dem Leben ein

Ende zu setzen. Oder war da immer noch irgendwo dieses "Steh-auf-Lieschen", ohne daß es in ihr Bewußtsein drang? Ein unbewußter Lebenswille, ein Trotz, sich nicht zu beugen, nun gerade nicht?

Noch jetzt, wenn sie an die Zeit nach Alexanders Tod denkt, spürt sie die Kälte in sich aufsteigen, die sie damals monatelang beherrscht hat, die sie vegetieren, nicht leben ließ, sie funktionierte, das war schon alles. Abends saß sie oft in Alexanders kleinem Zimmer und weinte. Die Traurigkeit schlug wie eine Woge über ihr zusammen, sie jammerte nach dem Sohn, es kam ihr keine Antwort. Sie hielt die Traurigkeit aus, das war das einzige, was sie tun konnte. Nicht fliehen in irgendwelche Ablenkungen, sondern dableiben und sich dem Schmerz öffnen und staunend spüren, wie Schmerz und Traurigkeit allmählich nachließen und einem Gefühl von großer Wehmut Platz machten, das sie von nun an nicht mehr verlieren sollte, das ihre Stimmungen prägte und ihre Fröhlichkeit, die sich nur sehr zaghaft wieder hervorwagte.

In jenen schweren Wochen nach Alexanders Tod bekam sie plötzlich einen Brief von Georg Schirmin, mit dem sie nach dem Gesetz noch immer verheiratet war. Er schrieb, daß er gern gewußt hätte, wie es ihr und dem Kind ginge, ihm ginge es endlich gut, er könnte sie, wenn nötig, nun auch finanziell unterstützen, sie sollte sich doch melden und ihm antworten. Sie aber reichte kurzerhand die Scheidung ein. Alexander brauchte keinen Vater mehr, und sie konnte auf den Mann, der über Jahre aus ihrem Leben verschwunden gewesen war, verzichten. Die Scheidung wurde sehr schnell ausgesprochen, von da an hörte sie von Georg Schirmin nichts mehr.

Alexanders Bild steht auf dem Büfett neben dem

Holzleuchter. Und neben den Blumen, die das ganze Jahr über in der Kristallvase blühen. Auf den Friedhof geht sie selten. Daheim in ihrer Wohnung aber scheint Alexander noch gegenwärtig zu sein. Sie spricht mit ihm noch heute. Wenn du wüßtest, sagt sie schon mal, wie sinnlos meine Tage vergehen; nicht mehr gebraucht zu werden ist böse, es macht die Einsamkeit unerträglich groß. Wie gut, daß du das alles nicht erleben mußt, wer weiß, was dir geschehen wäre, wenn du noch lebtest, Gutes und Nichtgutes. Warum sind die Höhen im Leben so wenig hoch und die Tiefen so entsetzlich tief?

Das fragt sie sich oft. Das fragt sie sich gerade jetzt, wo ihr soviel Zeit zum Nachdenken bleibt. Arbeitslos – eine Tatsache, die das ganze bisherige Leben auf den Kopf zu stellen scheint. Alles, was wichtig gewesen ist, gleitet in Unwichtigkeit, das Nebensächliche schwillt an, wird zur Hauptsache: Was mache ich mit der vielen Zeit, die, wenn ich sie nicht nütze, zentnerschwer auf mir lastet – aber wie nütze ich sie?

Keinesfalls, indem sie sich verkriecht und versteckt, indem sie sich aus Scham nicht unter Menschen wagt. Es besteht kein Grund, sich zu schämen, ihr ist geschehen, was vielen anderen auch geschehen ist, an ihr allein liegt es, wie sie damit fertig wird.

Als sie das Arbeitsamt wieder einmal ergebnislos verläßt, wird sie auf eine junge Frau aufmerksam, die neben der Treppe steht, einen Sportwagen automatisch hin- und herschiebt und blicklos vor sich hinstarrt; eine Puppe, deren Uhrwerk abzulaufen scheint und deren Bewegungen langsamer werden. "Steh-auf-Lieschen" beobachtet sie eine Weile, denkt, der geht es nicht gut. Tritt entschlossen auf sie zu, berührt sie leicht an der Schulter und fragt: "Kann ich Ihnen helfen?"

Die junge Frau hebt den Kopf, es hat den Anschein, als lausche sie den Worten nach, ohne sie zu verstehen.

Die Ältere hält den Sportwagen fest: "He", sagt sie, "wachen Sie auf. Was ist los mit Ihnen?"

Nun kehrt der Blick von irgendwoher zurück, die Antwort klingt kläglich: "Ich weiß nicht, wohin mit dem Jungen. Ich könnte Arbeit bekommen, Springerdienst vormittags oder nachmittags. Die Krippe hat zugemacht, kein Geld mehr oder kein Bedarf, ich weiß nicht. Ich komme mit dem Geld kaum hin, ich muß dazuverdienen. Aber wohin mit dem Kind? Bin alleinstehend, wissen Sie."

"Und Ihre Mutter?"

"Die hat noch Arbeit, mein Vater nicht mehr. Sie muß verdienen, und mein Vater packt es mit dem Kind nicht, der packt zur Zeit gar nichts."

Der Kleine, der bisher stumm an einem Brötchen gekaut hat, fängt an zu greinen, leise, intensiv. "Steh-auf-Lieschen" beugt sich zu ihm nieder, streichelt sein Gesicht, sagt: "Nana, weine nicht, ist ja schon gut." Sie lächelt ihm zu, streckt ihm eine Hand entgegen, er hält sich daran fest.

Die junge Frau will nach Hause. "Ich begleite Sie ein Stück", sagt "Steh-auf-Lieschen". Sie faßt am Sportwagen an, gemeinsam schieben sie den Wagen den Fußweg entlang. Auf vorsichtig gestellte Fragen kommen mühsam gegebene Antworten: Scheidung nach zwei Jahren Ehe, früher Facharbeiterin in einer Textilfirma, die hat nach der Wende pleite gemacht. Wohnt in einer Einzimmerwohnung, hat mit dem Jungen ein Dach über dem Kopf, aber das Dach muß bezahlt werden, mit der Sozialhilfe kommt sie kaum hin, sie möchte dazuverdienen, kann nicht dazuverdienen, wie weiter?

Mittlerweile sind sie am Hochhaus in der Kastanienstraße angekommen. Es liegt in der Nähe der Parkstraße, der Platz davor ist ein Parkplatz geworden, Auto neben Auto, man kommt kaum noch mit dem Kinderwagen bis zum Hauseingang. "Wenn Sie noch mit heraufkommen wollen", sagt die Frau, "es ist nur sehr eng bei uns."

"Steh-auf-Lieschen" schüttelt den Kopf. "Heute nicht, aber bald. Sie müssen mir Ihren Namen sagen und auch den des Kleinen."

"Anita Schröder. Und das ist Alexander."

Der Name trifft sie wie ein Schlag. Alexander! Wieder beugt sie sich nieder und streichelt das kleine Gesicht. "Sie hören von mir, morgen", sagt sie, sich aufrichtend. "Ich muß nur etwas überlegen."

Langsam geht sie zwischen den Autos zur Straße, geht beinahe beschwingt. Wenn da schon vorher ein diffuser Plan in ihr gewesen ist, so nimmt er nun Gestalt an! Wieder einen Alexander um sich haben, stundenweise, damit die junge Mutter auf Arbeit kann! Damit wäre die Leere gefüllt, die Zeit sinnvoll genutzt, und Spaß würde es außerdem machen.

Daheim steht sie lange in dem kleinen Zimmer, das sie seit Alexanders Tod beinahe als Abstellraum benutzt hat. Sie wird hier aufräumen, alles Unnötige wegwerfen, und morgen wird sie zu der Anita Schröder gehen und ihr sagen, daß sie das Angebot der Putzfirma annehmen kann – so ist ihnen beiden geholfen.

Nachts, als sie nicht schlafen kann, geht sie wieder einmal in ihrem Leben spazieren. Sie geht bis zu den Anfängen zurück, erinnert sich an die behütete Kindheit, an den Sturz mit den Rollschuhen, an den Befehl des Vaters: Steh auf, Lieschen! Und dann tastet sie sich an Schönem und Schwerem zur Gegenwart vor, eine Frau Anfang 50, ohne Arbeit, ohne Aufgabe. Gib zu, sagt sie zu sich selbst, das hat dich beinahe zu Boden gezwungen, das hat dich fast zerbrochen, beim Aufstehen nicht wissen, wie man den Tag übersteht, man möchte immerzu heulen und kann nur mit Mühe Haltung bewahren. Von anderen erwartet man Hilfe, dabei kann man sich nur selbst helfen. Und damit, allein damit, auch anderen. Aber es dauert, ehe man das begreift!

Es wird – vielleicht – wieder ein Alexander durch die Wohnung laufen. Und – vielleicht – wenn sie gut zurechtkommt mit dem Kind, macht sie das zu ihrem Job: Kinderfrau für zwei bis drei Kinder, liebevolle Betreuung, die kann sie garantieren! Wieder erfüllter leben können, darauf kommt es an. "Steh-auf-Lieschen" – sie liegt lang ausgestreckt im Bett, hat die Augen geschlossen, sieht das kleine Kindergesicht vor sich und das maskenhafte Gesicht der jungen Mutter. Paßt auf, denkt sie, morgen werdet ihr lachen, und ich mit euch. Morgen wird es wieder einen Anfang geben. Gelobt und gepriesen seien die Anfänge ...

Inhalt

Auf dem Weg	5
Wohin treiben wir ...?	21
Wie weiter, meine Freundin?	27
Auf dem Abstellgleis	35
Solange wir uns haben ...	46
Brief an eine alte Freundin	58
Löwenmäulchen	67
Dolly	73
Am Bauernstein	79
Die Inschrift unter dem Taufbecken	90
Zwei kleine Lichter	97
Rosensträuße	105
Steh-auf-Lieschen	112

Dingsda-Bücher

Kurt Zeising

Mansfäller Witze

Bd. 1, 46 Seiten, 6 Abb., geb., DM 10,80

Bd. 2, 45 Seiten, 6 Abb., geb., DM 10,80

Prof. Hermann Größler

Sagen der Grafschaft Mansfeld und ihrer nächsten Umgebung

280 Seiten, 1 Abb., kt., DM 19,90

Prof. Hermann Größler

Nachlese von Sagen und Gebräuchen der Grafschaft Mansfeld

...

56 Seiten, kt., DM 9,80

Dr. Willi Ule

Die Mansfelder Seen

und die Vorgänge an denselben im Jahre 1892

86 Seiten, 5 Abb., geb., DM 22,00